たったひとつの君との約束

～はなれていても～

みずのまい・作
U35（うみこ）・絵

集英社みらい文庫

6年生《ねんせい》の夏休《なつやす》み。

一年《ねん》ごしの約束《やくそく》をはたした、あの花火大会《はなびたいかい》の夜《よる》。

帰《かえ》りの電車《でんしゃ》で口《くち》にしていた。

「私《わたし》、ひかりに未来《みらい》をあげたい」

それを聞《き》いたひかりは、とまどいながら笑《わら》っていた。

おおげさだったかもしれない。

でも、私《わたし》の正直《しょうじき》な気持《きも》ち。

だって、病気《びょうき》で苦《くる》しかった私《わたし》に、ひかりが未来《みらい》をくれたんだから。

今度《こんど》はおかえししたい。

……けど、私《わたし》は1人《ひとり》でかんちがいしていたのかも。

ひかり、私《わたし》のこと、どう思《おも》っている?

目《もく》次《じ》&人《じん》物《ぶつ》紹《しょう》介《かい》

明《あか》るくてまっすぐな性格《せいかく》。
サッカーが大好《だいす》き。

大木《おおき》ひかり

前田未来《まえだみらい》

小《しょう》5のときに病院《びょういん》でひかりと出会《であ》う。6年生《ねんせい》になり、再会《さいかい》。持病《じびょう》がある。

大宮《おおみや》まりん

ひかりのサッカーチームのマネージャー。

クラスメイト。未来《みらい》に告白《こくはく》したことがある。

藤岡《ふじおか》龍斗《りゅうと》

鈴原《すずはら》静香《しずか》

未来《みらい》の親友《しんゆう》。おしゃべりで服《ふく》は個性的《こせいてき》＆おしゃれ。

あらすじ

ひかりとは、5年生《ねんせい》のとき病院《びょういん》で出会《であ》った。
一年後《ねんご》に会《あ》おうって約束《やくそく》をして――
6年生《ねんせい》の夏《なつ》、キセキ的《てき》に再会《さいかい》した。

今度《こんど》はおかえしがしたい――。
そう思《おも》っていたある日《ひ》。
サッカーの試合《しあい》でひかりが
ケガをしてしまう！

おみまいに行《い》ったら、サッカー部《ぶ》のマネージャーがいて、
健康《けんこう》な2人《ふたり》と私《わたし》はちがうって思《おも》い知《し》らされたの。
そうしたら、とげとげした私《わたし》がでてきてしまって……。

「目標《もくひょう》あるって、スポーツやってるって、そんなにえらいわけ」

それからは、すれちがってばかり。

……私《わたし》、嫌《きら》われちゃったかな。

（続《つづ》きは本文《ほんぶん》を楽《たの》しんでね♡）

1章《しょう》

君《きみ》に未来《みらい》をあげたい

いつもより30分《ぷん》も早《はや》く目《め》が覚《さ》めた。

はねるようにベッドからおりて、カーテンを開《あ》けると太陽《たいよう》がかがやいている。

ぱぱっと朝《あさ》の身《み》じたくをすませ、リズミカルな足音《あしおと》をたてながらダイニングにむかう。

体《からだ》が軽《かる》い！

「おはよう」

お母《かあ》さんのむかい側《がわ》に座《すわ》り、コーヒーにミルクと砂糖《さとう》を一《ひと》つずつ入《い》れてあげた。

お母《かあ》さんはぽかんとしている。

「え？　いつも一《ひと》つずつだよね」

「そうじゃなくて。未来《みらい》、このところ、明《あか》るいわよね。動作《どうさ》も軽《かろ》やかだし」

「そう？　いただきま～す」

トーストをかじる。さくさくしていておいしい。

「食欲《しょくよく》もあるみたいだし数値《すうち》もすっかり落《お》ちついたし、このまま完全《かんぜん》に治《なお》ったりしてね」

「きっと、そうなるよ」

あっけらかんと答《こた》えると、お母《かあ》さんは目《め》をぱちくりさせていた。


「行《い》ってきます」

家《いえ》をでると9月《がつ》になったばかりの空《そら》は青《あお》く、白《しろ》い雲《くも》はふんわりと流《なが》れている。

空《そら》が青《あお》いのも雲《くも》が白《しろ》いのも、あたりまえのことかもしれない。

でも、今《いま》の私《わたし》には、空《そら》の青《あお》さも、雲《くも》の白《しろ》さも今《いま》までとはちがって見《み》える。

道《みち》ばたに生《は》えている雑草《ざっそう》の緑《みどり》でさえ、私《わたし》の目《め》にはかがやいてうつる。

それは、好《す》きな人《ひと》がいるから。

顔《かお》を上《あ》げて太陽《たいよう》にむかって、心《こころ》の中《なか》で思《おも》いきりさけんだ。

私《わたし》の大好《だいす》きな人《ひと》、大木《おおき》ひかり！

だれかに聞《き》かれたわけじゃないのに体中《からだじゅう》があつくなり、せっせと足《あし》を速《はや》める。

私《わたし》、前田未来《まえだみらい》には持病《じびょう》がある。

膠原病《こうげんびょう》の一種《いっしゅ》で関節《かんせつ》リウマチ。

いまだに原因《げんいん》がわからない病気《びょうき》で、関節《かんせつ》が痛《いた》くなったり、ひどい人《ひと》は曲《ま》がったり歩《ある》けなくなったりしてしまう病気《びょうき》。

私《わたし》は症状《しょうじょう》がでていないときは体育《たいいく》だってふつうに参加《さんか》できるし、他《ほか》の子《こ》となにもかわらない生活《せいかつ》をしている。

けど、とっぱつ的《てき》に熱《ねつ》がでたり関節《かんせつ》が痛《いた》くなったりして、体調《たいちょう》のいいときもあれば悪《わる》いときもあり、そこにふりまわされるのがつらい。

しかも、病院《びょういん》で症状《しょうじょう》が重《おも》い人《ひと》を見《み》かけるたびに、自分《じぶん》もそうなるんじゃないかと不安《ふあん》にもなったり。

でも、もう、そんなことは考《かんが》えない。いや、考《かんが》えたくない。

だって、今《いま》は元気《げんき》なんだし、なにより、私《わたし》、幸《しあわ》せなんだもん。

一年前《ねんまえ》。5年生《ねんせい》の夏休《なつやす》み。

検査入院《けんさにゅういん》していた私《わたし》は、この原因不明《げんいんふめい》の病気《びょうき》のおかげですごくいやな子《こ》になっていた。

名前《なまえ》は未来《みらい》なのにみらいないじゃん！　ってふてくされていた。

そんなとき、別《べつ》の病室《びょうしつ》で自分《じぶん》のおばあちゃんにサッカーのリフティングを得意《とくい》げに見《み》せている男《おとこ》の子《こ》がいたんだ。

その病室《びょうしつ》はおばあちゃんも他《ほか》の人《ひと》も楽《たの》しそうで、ふてくされていた私《わたし》はなんだか自分《じぶん》がみじめに思《おも》えてきて。

だから看護師《かんごし》さんに言《い》いつけて、その男《おとこ》の子《こ》にリフティングをやめさせたの。

しかも、その男《おとこ》の子《こ》に「私《わたし》が言《い》いつけたの」ってわざわざ教《おし》えたりもした。

そうしたら「いやなやつだな、おまえ」ってはっきりかえされた。

気《き》がついたら、涙《なみだ》が止《と》まらなくなっていた。

それが、私《わたし》とひかりの出会《であ》い。

私《わたし》、すごく嫌《きら》われたと思《おも》ったのに、ひかりはその夜《よる》、病室《びょうしつ》に遊《あそ》びに来《き》てくれた。

その日《ひ》はお祭《まつ》りで、神社《じんじゃ》でひいたおみくじまで持《も》ってきてくれて。

そのおみくじは名前《なまえ》でひくおみくじだった。

「未来《みらい》　想《おも》いが叶《かな》う名前《なまえ》」

それを読《よ》んだとき、胸《むね》がぎゅっとしめつけられた。

自分《じぶん》の名前《なまえ》が好《す》きになれたんだ。

あの気《き》持《も》ち一生《いっしょう》忘《わす》れない。

そのとき、ちょうど花火《はなび》があがって窓《まど》から見《み》えた。

私《わたし》たちは約束《やくそく》した。

6年生《ねんせい》の夏《なつ》も、もう一度《いちど》2人《ふたり》でこの花火《はなび》を見《み》ようって。

その約束《やくそく》がずっと私《わたし》の支《ささ》えだった。

そして、一年《ねん》がたち、先月《せんげつ》、運命《うんめい》の8月《がつ》にキセキ的《てき》にその約束《やくそく》がはたせたの。

打《う》ちあがった花火《はなび》が美《うつく》しすぎて、ずっとそのよいんにひたってしまい、帰《かえ》りにひかりに言《い》っちゃったんだ。

「ひかりに未来《みらい》をあげる」って。

だって、私《わたし》、かわったから。

病気《びょうき》への不安《ふあん》からとげとげしたりぴりぴりしたり、そんな前田未来《まえだみらい》にさよならできたの

未来

はひかりとの出会《であ》いがあったから。

素直《すなお》にそう口《くち》にしたんだけど、ひかりはちょっと照《て》れくさそうだった。

でも、「ありがとう」って言《い》ってくれた。

あのときのひかりの顔《かお》、一生忘《いっしょうわす》れない！


「未来《みらい》～！　おはよう」

うしろからクラスメイトで親友《しんゆう》の静香《しずか》が走《はし》ってきた。

ポップな柄《がら》のT《ティー》シャツがよく似合《にあ》っている。

「おはよう。その柄《がら》いいね」

「そう？　ありがと。あれ？　あれれ？」

静香《しずか》が私《わたし》に顔《かお》を近《ちか》づけてきた。

「なに？」

「未来《みらい》、幸《しあわ》せそうな顔《かお》してる。ときめきオーラでかがやいてる！　わかった、また、ひかりと会《あ》うんでしょ」

「どうしてわかるの？」

「わからなかったら女子《じょし》をやめたほうがいいよ。わかりやすい子《こ》だね〜」

「そうなの？　自分《じぶん》じゃぜんぜんわからない！」

私《わたし》たちは笑《わら》いながらじゃれあった。

あさっての日曜日《にちようび》、ひかりのサッカーの試合《しあい》の応援《おうえん》に行《い》く約束《やくそく》をしている。

すごく楽《たの》しみ。

だって学校《がっこう》がちがうとなかなか会《あ》えない。

私《わたし》とひかりは携帯電話《けいたいでんわ》も持《も》っていないし、家《いえ》の電話《でんわ》も家族《かぞく》にとられたらはずかしい。

だからたまに手紙《てがみ》でやりとりしているんだけど、定期的《ていきてき》に連絡《れんらく》しあうって、かなり大変《たいへん》。

早《はや》く大人《おとな》になりたい。

そして、早《はや》くあさってにならないかな。

「前田《まえだ》、この続《つづ》き読《よ》んでくれ」

いきなり担任《たんにん》の若林先生《わかばやしせんせい》の声《こえ》が聞《き》こえ、はっと我《われ》にかえった。

「え、えええ、あ、あの、ええと」

あわてて、国語《こくご》の教科書《きょうかしょ》をばさばさとめくる。

どうしよう、上《うわ》の空《そら》でぜんぜん聞《き》いていなかった。

「おい、おい。前田《まえだ》にしてはめずらしいな。なにかあったんじゃないか？　って心配《しんぱい》になってくるぞ」

すると、静香《しずか》がいきなり立《た》ち上《あ》がり、いつもの調子《ちょうし》でしゃべりだした。

「先生《せんせい》！　未来《みらい》は今《いま》、日本《にほん》で一番幸《いちばんしあわ》せな女《おんな》の子《こ》なんです。けど、そこにいたるまでは涙《なみだ》、涙《なみだ》、の毎日《まいにち》で。多少《たしょう》、授業《じゅぎょう》に集中《しゅうちゅう》していなくても、どうか許《ゆる》してあげてください」

教室中《きょうしつじゅう》が笑《わら》い声《ごえ》と「ええ？　真面目《まじめ》な前田《まえだ》さんになにがあったの？」という疑問《ぎもん》の声《こえ》であふれかえった。

もう、静香《しずか》のばか！

「こらこら静《しず》かにしろ。前田《まえだ》のかわりにだれか読《よ》んでくれる子《こ》いないか？」

「先生《せんせい》、おれ、読《よ》みます」

「よし。藤岡龍斗《ふじおかりゅうと》、たのんだぞ」

龍斗《りゅうと》が朗読《ろうどく》しだすと、教室内《きょうしつない》は静《しず》まっていった。

助《たす》かったと、胸《むね》をなでおろす。
あとで、静香《しずか》にお説教《せっきょう》しないと。
ああ、それよりなにより日曜日《にちようび》が心《こころ》の底《そこ》から待《ま》ちどおしい。
ノートのはしっこで計算《けいさん》してみた。
あと51時間《じかん》でひかりに会《あ》える。

……このときは、まだ、大変《たいへん》なことがおきるとは思《おも》ってもいなかった。

2章《しょう》　まさかのアクシデント

そして、今日《きょう》は日曜日《にちようび》。待《ま》ちに待《ま》ったひかりの試合《しあい》の日《ひ》がやってきた。

あと少《すこ》しでひかりに会《あ》える。

「本当《ほんとう》に、うちも行《い》っていいの～？」

「ひかりに未来《みらい》の親友《しんゆう》ってどんなやつって聞《き》かれて、うるさいのに名前《なまえ》が静香《しずか》って教《おし》えたら、大笑《おおわら》いして会《あ》ってみたいって」

「それ、おもしろがられているだけじゃん！　ぜったいにうちみたいな子《こ》って、男子《だんし》からするとおもしろいで終《お》わって、それ以上《いじょう》がないんだよ。あ、でも、ひかりのチーム、ファイターズだっけ？　かっこいい男子《だんし》いるかもね。紹介《しょうかい》してよ」

「それは、できるかどうかわからないけど」

苦笑《くしょう》しながら、サッカーグラウンドにむかった。

今日《きょう》の試合《しあい》は、5月《がつ》にひかりと偶然再会《ぐうぜんさいかい》したのと同《おな》じサッカーグラウンドで行《おこな》われる。

私《わたし》と静香《しずか》の住《す》む町《まち》からバスで30分《ぷん》ぐらい。

草野球用《くさやきゅうよう》の野球場《やきゅうじょう》やプールがある大《おお》きな公園《こうえん》の中《なか》にあるグラウンド。

花火《はなび》に行《い》ったあと、また手紙《てがみ》をもらったんだけど、そこには試合《しあい》への意気込《いきご》みが熱《あつ》く書《か》かれてあった。

試合《しあい》は企業主催《きぎょうしゅさい》の少年《しょうねん》サッカー大会《たいかい》の準決勝《じゅんけっしょう》。

対戦相手《たいせんあいて》は3年連続《ねんれんぞく》で負《ま》けているチームで、ひかりはキャプテンとしてぜったいに勝《か》たないといけないってこと。

以前《いぜん》からプロの選手《せんしゅ》に時々個人指導《ときどきこじんしどう》してもらってるってことも。

それってすごいことだよね。

すぐにぜったいに応援《おうえん》に行《い》くって返事《へんじ》を書《か》いた。

もちろん、ひかりには勝《か》ってほしいけど、サッカーをしているひかりの姿《すがた》を見《み》られるだけでも十分《じゅうぶん》だったりもする。

公園内《こうえんない》の大《おお》きな道《みち》を歩《ある》いているとサッカーグラウンドから、選手《せんしゅ》たちのかけ声《ごえ》が聞《き》こえてきた。

あの声《こえ》の中《なか》にひかりの声《こえ》もまじっているんだ！

胸《むね》を思《おも》いきりはずませたとき。

静香《しずか》が私《わたし》のそでをひっぱった。

「あの子《こ》、大丈夫《だいじょうぶ》かな？」

私《わたし》たちの少《すこ》し前《まえ》。ポニーテールにジャージ姿《すがた》の女《おんな》の子《こ》。

重《おも》そうなクーラーボックスをななめにかけ、よろよろと歩《ある》いていた。

静香《しずか》と目《め》を合《あ》わせ、うなずきあう。

「うち、手伝《てつだ》う！」

「どこまで持《も》ってくの？」

私《わたし》はポニーテールの女《おんな》の子《こ》の前《まえ》にまわりこんだ。

静香《しずか》はすでにクーラーボックスの底《そこ》を押《お》しあげている。

あれ？　この日焼《ひや》けした顔《かお》、どこかで見《み》たことある。

すると、その子《こ》はひたいに汗《あせ》をかきながら、きつい視線《しせん》を私《わたし》にむけた。

「ことわる。かっこいい男子《だんし》さがしが目的《もくてき》の子《こ》の手《て》なんか、かりたくない」

「ちょっと、なによ、その言《い》い方《かた》」

静香《しずか》がかっとなり、クーラーボックスの底《そこ》から手《て》をはなす。

静香《しずか》がさらになにか言《い》いそうになったので私《わたし》はあわてて制《せい》した。

女《おんな》の子《こ》は私《わたし》たちと目《め》を合《あ》わせない。

今《いま》のは静香《しずか》にむけた言葉《ことば》じゃない。私《わたし》に言《い》ったよね？

私《わたし》は女《おんな》の子《こ》に以前《いぜん》会《あ》ったかな？　と聞《き》こうとした。

でも……。

「マネージャー！」

グラウンドのほうからファイターズのユニフォームを着《き》た男《おとこ》の子《こ》が走《はし》ってきた。

思《おも》いだした！

この女《おんな》の子《こ》、ひかりのチームのマネージャーだ。

「亮介《りょうすけ》、なにしてるの？　ウォーミングアップは？」

「キャプテンがマネージャー見《み》てこいって」

キャプテン、ひかりのことだ！

「あたしのことはどうでもいいの。選手《せんしゅ》は試合前《しあいまえ》にやることたくさんあるでしょ」

「女子《じょし》1人《ひとり》じゃ無理《むり》だって」

その男《おとこ》の子《こ》は自分《じぶん》がクーラーボックスを持《も》ち、マネージャーを補佐《ほさ》しながら、グラウンドにむかっていった。

「なによ！　こっちは親切《しんせつ》で言《い》っただけなのに！」

静香《しずか》が2人《ふたり》の背中《せなか》にむかってアッカンベーをしている。

あの子《こ》のさっきの目《め》、言葉《ことば》、妙《みょう》な胸《むな》さわぎがした。


グラウンドの応援席《おうえんせき》に着《つ》くと、ファイターズはウォーミングアップをしていた。

ゴールポストにむかってシュート練習《れんしゅう》をしている男《おとこ》の子《こ》がいる。

ひかりだった。

「未来《みらい》、なにおとなしくしてるの？　ひかりの彼女《かのじょ》、到着《とうちゃく》ですーって手《て》をふりなよ」

「彼女《かのじょ》じゃないよ！　静香《しずか》、みんな真剣勝負《しんけんしょうぶ》なんだからあまりふざけちゃだめだよ」

ウォーミングアップをしているひかりを見《み》てはっとした。

ひかりって彼女《かのじょ》とかいるのかな？　今《いま》までそんなこと考《かんが》えもしなかったけど。

そんなことを思《おも》っていたら、ボールを蹴《け》ったひかりがこっちを見《み》てくれた。

そして、目《め》が合《あ》う。しっかりとうなずいてくれた。

やった、気《き》づいてくれた！

私《わたし》は小《ちい》さく手《て》をふった。

ひかりは、ふたたびゴールにむかってシュートを蹴《け》る。

バシッ！　と決《き》まると、汗《あせ》が飛《と》び散《ち》り、ひかりのまわりがきらきらとかがやいていた。

ひかりは、アイドルみたいにすごくかっこいいってタイプじゃないけど、サッカーをやっているときは目《め》がかわる。真剣《しんけん》になる。

ちょっとやんちゃっていうか、くったくないところもあるんだけど、時々《ときどき》、すごくやさしい顔《かお》をしてくれてまっすぐで頼《たよ》りがいもあるんだ。

「うわあ、いいなあ！　目《め》が合《あ》い、うなずく男《おとこ》の子《こ》。そして小《ちい》さく手《て》をふる女《おんな》の子《こ》。男《おとこ》はふたたびボールを蹴《け》る！　なんかい〜い！　こんにゃろ、こんにゃろ」

静《しず》香《か》が背《せ》中《なか》をぺしぺしたたいてきた。

すぐうしろにいたファイターズの保《ほ》護《ご》者が笑《わら》っている。

もう、うれしさ超《こ》えてはずかしいんだけど。

その保《ほ》護《ご》者《しゃ》のなかに、ひときわ目《め》を引《ひ》く大人《おとな》がいた。

背《せ》が高《たか》くて、いかにもスポーツやってますっていうひきしまった体《からだ》。

V《ブイ》ネックのシャツが焼《や》けた肌《はだ》に映《は》えている。

だれかのお父《とう》さんにしては若《わか》すぎる。

「大宮選手《おおみやせんしゅ》ですよね、サインください！」

相手《あいて》チームの応援席《おうえんせき》から、男《おとこ》の子《こ》が数人《すうにん》メモとペンを持《も》ってやってきて、その人《ひと》をかこんだ。

大宮選手《おおみやせんしゅ》と呼《よ》ばれている人《ひと》は笑《わら》いながら、男《おとこ》の子《こ》たちにサインをしてあげていた。

「慣《な》れてるって感《かん》じだね。うちは知《し》らんけど、有名《ゆうめい》なサッカー選手《せんしゅ》なんだろうね」

静《しず》香《か》の言葉《ことば》にうなずく。

ファイターズのベンチでは、さっきのマネージャーの女《おんな》の子《こ》がせっせと選手《せんしゅ》のタオルを準備《じゅんび》したり、相手《あいて》チームのキッカーズの練習《れんしゅう》を見《み》ながらノートにメモをしたりしていた。

一生懸命《いっしょうけんめい》。その言葉《ことば》がぴったりだった。

たしかに、あの子《こ》からしたら、ちゃらちゃら応援《おうえん》に来《く》る女子《じょし》っていらっとするかも。


ピー。

ホイッスルが鳴《な》り、試合《しあい》が始《はじ》まった。

ひかり、がんばって！

「始《はじ》まったな」

すぐとなりにクラスメイトの龍斗《りゅうと》がすっと歩《あゆ》みよってきた。

「龍斗《りゅうと》、あんたなんでここにいるの？」

「失礼《しつれい》だな、静香《しずか》。おれ、コンドルズのキャプテンだぜ。ファイターズとキッカーズが試《し》合《あい》するってなれば、観《み》に来《く》るさ」

少《すこ》しはなれたところに、龍斗《りゅうと》と同《おな》じコンドルズの子《こ》が何人《なんにん》かいた。

コンドルズのメンバーはほとんどが、私《わたし》たちの学校《がっこう》や、町内《ちょうない》の子《こ》だ。

「ねえ、ひかりのファイターズとキッカーズはどっちが強《つよ》いの？　３年連続《ねんれんぞく》で負《ま》けてるって聞《き》いてるけど」

「結果《けっか》そうなんだけど、おれは実力的《じつりょくてき》にはそんなかわらないと思《おも》う。ま、今日《きょう》の勝敗《しょうはい》のポイントはキャプテンの大木《おおき》ひかりにパスが通《とお》ったとき、本人《ほんにん》が決《き》められるかどうかってことかな」

ひかりにパスが通《とお》ったとき、ひかりが決《き》められるかどうか。

龍斗《りゅうと》の言葉《ことば》を心《こころ》でくりかえしていると、さっきマネージャーを手伝《てつだ》いに来《き》た男《おとこ》の子《こ》がひかりにパスをだした。

ひかりはそのままシュートする。

心《こころ》の中《なか》でさけぶ。

はいってー！

残念《ざんねん》ながらぎりぎりでゴールにはいらなかった。

もう！　あとちょっとだったのに！

ももを、パンとたたいてくやしがると龍斗《りゅうと》がくすりと笑《わら》った。

「なに？」

「いや、未来《みらい》がそんなに忙《いそが》しそうに表情《ひょうじょう》かえるのをはじめて見《み》たからさ」

「え？　へんだった？」

すると、静香《しずか》が笑《わら》った。

「未来《みらい》、ちゃんと声《こえ》だして応援《おうえん》しな。じゃないと、顔《かお》だけ騒《さわ》いでいてこっちからするとおかしいよ」

そういうことか。

そりゃ、私《わたし》もひかりーって声《こえ》にだしたいけど、あの子《こ》なに？　みたいになりそうで、そこまでの勇気《ゆうき》はないよ。

そのとき。

「ひかり！　タイミング合《あ》ってないよ！　落《お》ち着《つ》いて」

ファイターズのマネージャーの子《こ》が声《こえ》をだした。

彼女《かのじょ》は大《おお》きな声《こえ》で、ひかりとひかりにパスを送《おく》った子《こ》になにか伝《つた》えていた。

ひかりも、手《て》でわかったと合図《あいず》している。

マネージャーはそのあとも、なんども「ひかりー」を連発《れんぱつ》していた。

いいなあ、マネージャーって。うらやましい。

すると龍斗《りゅうと》が言《い》った。

「今《いま》の苦《くる》しいパスだったけど、大木《おおき》は決《き》めてやってもよかったな」

「どうして？」

「パスしたの5年生《ねんせい》だろ。それで、ひかりがシュートして点《てん》がはいると、そいつも自信《じしん》がつくし、下級生《かきゅうせい》が自信《じしん》つくとチームってのは盛《も》りあがるんだよ」

「そうなんだ」

龍斗《りゅうと》の説明《せつめい》にうなずきながら、マネージャーとひかりのやりとりを遠《とお》くから見《み》る。

あの女《おんな》の子《こ》は応援《おうえん》しているんじゃない。

ひかりといっしょに試合《しあい》している。

だから、ひかりや他《ほか》のチームメイトと同《おな》じように真《ま》っ黒《くろ》に日焼《ひや》けしているんだ。

ホイッスルが鳴《な》り、試合再開《しあいさいかい》となった。

私《わたし》は一生懸命応援《いっしょうけんめいおうえん》したけど、なんと、先《さき》に点《てん》を入《い》れたのは相手《あいて》チームのキッカーズだった。

ファイターズの選手《せんしゅ》も、応援席《おうえんせき》も「ああ」と落胆《らくたん》のため息《いき》をこぼす。

けど、ひかりはすぐに手《て》をたたいたり、檄《げき》をとばしたり、キャプテンとしてチームを盛《も》りあげる。

マネージャーの女《おんな》の子《こ》もベンチからひかりとまったく同《おな》じことをしていた。

私《わたし》、ひかりの応援《おうえん》に来《き》たのに、なんであの子《こ》のことをやたらと気《き》にしているんだろう？

ピー。

ホイッスルが鳴《な》ると、相手《あいて》チームのキッカーズがたくみにパスをまわしあう。

「やべえな、調子《ちょうし》づいてるよ。このまま、追加点《ついかてん》とられそうだな」

「そんなことないよ！」

「いや、べつにありのままを語《かた》ってるだけで」

龍斗《りゅうと》が苦笑《くしょう》していた。

なに、ムキになってるんだろう、私《わたし》。

神様《かみさま》、ひかりに勝《か》たせてあげてください！

そのとき。

キッカーズで一番体《いちばんからだ》の大《おお》きい子《こ》がパスを受《う》けると、ひかりがボールを奪《うば》い取《と》りにその子《こ》にむかって、すごい勢《いきお》いで走《はし》りだした。

体格《たいかく》のいい子《こ》とひかりはボールの取《と》り合《あ》いになる。

いや、取《と》り合《あ》いというよりは、けんかみたいにも見《み》える。

サッカーってスポーツだけど、まるで男子同士《だんしどうし》の本気《ほんき》の取《と》っ組《く》み合《あ》いみたい。

ひかりの気迫《きはく》がすさまじくて、こわいぐらい。

「がんばって！」

思《おも》わず大《おお》きな声《こえ》で応援《おうえん》してしまった。

けど、となりの龍斗《りゅうと》が冷静《れいせい》につぶやいた。

「大木《おおき》、ムキになりすぎてないか？」

「え……？」

それは一瞬《いっしゅん》の出来事《できごと》だった。

ひかりの足《あし》と、体《からだ》の大《おお》きな子《こ》の足《あし》にボールがはさまった。

2人《ふたり》とも相手《あいて》の足《あし》を強引《ごういん》にふりきろうとしたけど、そろってもつれるように地面《じめん》にたおれこむ。

ドタン！

その音《おと》は応援席《おうえんせき》にまではっきり聞《き》こえ、私《わたし》の耳《みみ》にしっかりとひびいた。

「ひかり！」

感情的《かんじょうてき》な声《こえ》でひかりの名前《なまえ》を口《くち》にしてしまったのは、体格《たいかく》のいい子《こ》にひかりがつぶされていたから。

ピー！

審判《しんぱん》が強《つよ》くホイッスルをふきながらかけよる。

試合中《しあいちゅう》になんどもホイッスルはふかれるけど、今《いま》までとはまったくちがう意味《いみ》に聞《き》こえた。

どちらのチームの応援《おうえん》もぴたりと静《しず》まりグラウンド中《じゅう》が不穏《ふおん》な空気《くうき》につつまれていく。

ババッ

体格《たいかく》のいい子《こ》は立《た》ち上《あ》がったけど、ひかりはたおれたまま。

大丈夫《だいじょうぶ》なの？　なんで、起《お》き上《あ》がらないの？

少《すこ》しでも様子《ようす》が知《し》りたくてそばに行《い》こうとすると、静香《しずか》が「それはまずいよ」と私《わたし》の右《みぎ》うでをつかんだ。

すると、さっきサインをせがまれていた選手《せんしゅ》が応援席《おうえんせき》からグラウンドに走《はし》りだした。

なんで、あの人《ひと》はよくて私《わたし》はだめなわけ？

試合《しあい》は中断《ちゅうだん》となり、ひかりのまわりには両《りょう》チームの選手《せんしゅ》や監督《かんとく》などの人《ひと》だかりができて、ぜんぜん様子《ようす》が見《み》られない。もどかしい。歯《は》がゆい。

「あ！　たんかだ！」

静香《しずか》が指差《ゆびさ》したほうからファイターズの監督《かんとく》とむこうのチームの大人《おとな》が協力《きょうりょく》しあってたんかを持《も》ってきていた。

人《ひと》ごみがわれ、ひかりが見《み》えた。

片足《かたあし》を伸《の》ばして座《すわ》っている。

真《ま》っ青《さお》な顔色《かおいろ》。冷《ひ》や汗《あせ》。食《く》いしばった表情《ひょうじょう》。

痛《いた》いんだ。

「骨折《こっせつ》じゃないか？　足《あし》ひねりながらたおれたんだ」

うしろにいる保護者《ほごしゃ》の声《こえ》が聞《き》こえた。

骨折《こっせつ》って、どのくらい痛《いた》いの？　治《なお》るよね？　自分《じぶん》がしたことないから想像《そうぞう》がつかない。

ひかりがたんかに乗《の》せられると、救急車《きゅうきゅうしゃ》のサイレンの音《おと》が聞《き》こえてきた。

たんかに乗《の》せられたひかりは、大人《おとな》たちの手《て》によってグラウンドの外《そと》へでていく。

ひかりを追《お》おうと、私《わたし》もグラウンドの外《そと》にでた。

赤《あか》いランプを点滅《てんめつ》させながら救急車《きゅうきゅうしゃ》は公園内《こうえんない》の大《おお》きな道《みち》まではいってきていた。

ひかりを乗《の》せたたんかは、救急車《きゅうきゅうしゃ》のほうにむかっている。

ひかりのすぐそばに、マネージャーの女《おんな》の子《こ》とさっきの大宮選手《おおみやせんしゅ》がいた。

どうしよう。

走《はし》ればひかりに追《お》いつく。声《こえ》をかけられる。

けど、私《わたし》、チームと関係《かんけい》ない。

こんな緊急事態《きんきゅうじたい》にいきなりでていっても邪魔《じゃま》でしかない。

救急車《きゅうきゅうしゃ》が止《と》まり後部《こうぶ》のドアが開《ひら》くと、ひかりはたんかごと乗《の》せられてしまった。

でも、痛《いた》みと戦《たたか》っているひかりの顔《かお》が一瞬《いっしゅん》、こっちをむいてくれた気《き》がした。

「ひかり」

小《ちい》さい声《こえ》をだし一歩《いっぽ》を踏《ふ》みだす。

でも、マネージャーと大宮選手《おおみやせんしゅ》が乗《の》りこむと、救急車《きゅうきゅうしゃ》のドアはバタンと閉《し》められ発車《はっしゃ》してしまった。

サイレンの音《おと》に公園中《こうえんじゅう》の人《ひと》がふりむく。

ひかり、痛《いた》い？　しっかり！

でも、私《わたし》、なにもしてあげられない。

そばにも行《い》けない……。どうすればいいの？

3章《しょう》　君《きみ》がどんどん遠《とお》くなる

ひかりがいなくなったあと、ファイターズは追加点《ついかてん》をとられ4対《たい》0で負《ま》けてしまった。

なにもできることがないので、せめてさいごまで試合《しあい》は観《み》ておこうとずっと応援席《おうえんせき》にいたけど、頭《あたま》の中《なか》はひかりのことでいっぱいだった。

ひかり、すごく痛《いた》そうだった。

どの程度《ていど》のケガなんだろう。まさか、手術《しゅじゅつ》とか？

そんなことばかり考《かんが》えていて気《き》がついたら試合《しあい》は終了《しゅうりょう》。

選手《せんしゅ》も応援《おうえん》する側《がわ》も帰《かえ》りじたくをはじめていた。

ひかり、どこの病院《びょういん》に運《はこ》ばれたんだろう。

ファイターズの選手《せんしゅ》はみんながっくりしていて、とてもじゃないけど話《はな》しかけられる雰《ふん》囲気《いき》じゃない。

「じゃ、おれ。あいつらと帰《かえ》るから」

龍斗《りゅうと》は同《おな》じチームの子《こ》たちのところに行《い》ってしまった。

「未来《みらい》、帰《かえ》ろう。ここにいてもしかたない」

静香《しずか》にやさしく背中《せなか》を押《お》され、私《わたし》たちはその場《ば》をはなれ、バスに乗《の》った。

つり革《かわ》につかまると景色《けしき》がどんどん流《なが》れていく。

まるで、私《わたし》とひかりの距離《きょり》がどんどん遠《とお》くなっていくみたい。

「未来《みらい》、暗《くら》い顔《かお》しない。龍斗《りゅうと》の言葉《ことば》じゃないけど、ひかり、足《あし》をケガしただけだから、すぐに連絡《れんらく》くるよ」

「連絡《れんらく》って……どうやって」

「そりゃ電話《でんわ》とか手紙《てがみ》とか。手紙《てがみ》は時間《じかん》かかるからこの場合《ばあい》は電話《でんわ》だよ。落《お》ち着《つ》いたらひかりからかかってくるかもしれないから、しばらくは電話《でんわ》を気《き》にしているんだね……。

え？　まさか？」

静香《しずか》がうなだれている私《わたし》を見《み》て口《くち》をあんぐりと開《あ》けている。

「あんたたち、まさか。電話番号《でんわばんごう》教《おし》えあってないとか」

うなずくと、静香《しずか》がおでこを手《て》でたたいていた。

「あちゃ〜。文通《ぶんつう》だけで連絡《れんらく》しあってるんだっけ。うち、今度《こんど》親《おや》にスマホ買《か》ってくれってねだってみる。それであんたたち会話《かいわ》しな」

ひかりが携帯《けいたい》持《も》ってないから意味《いみ》ないよと言《い》おうとしたけど、静香《しずか》のやさしさがうれしくて、がんばってちょっとだけ笑《わら》ってみた。


その日《ひ》の夜《よる》は、なにげなくずっとリビングの電話《でんわ》のそばにいた。

かかってくるはずない。

でも、なにかの偶然《ぐうぜん》でかかってこないかな。

ひかりからじゃなくても、ひかりの家族《かぞく》とか友《とも》だちとかから、ひかりからの伝言《でんごん》とか伝《つた》えてもらえないかな？

無理《むり》だよね。おたがい電話番号《でんわばんごう》知《し》らないし、私《わたし》たちが知《し》り合《あ》いってこともひかりのまわりはだれも知《し》らない。

「まだ、起《お》きてるの？　もう10時《じ》よ」

お風呂《ふろ》からでてきたお母《かあ》さんが髪《かみ》をタオルでふきながらリビングにはいってきた。

「観《み》たい番組《ばんぐみ》があって」

とっさにリモコンでテレビをつけた。日曜《にちよう》の夜《よる》の番組《ばんぐみ》なんか、なに一《ひと》つ知《し》らないのに。

「だめよ。お医者《いしゃ》さんが、よくなったときに、健康的《けんこうてき》な生活《せいかつ》を送《おく》ることがとても大切《たいせつ》だって言《い》ってたじゃない」

「そうだっけ」

あきらめて、自分《じぶん》の部屋《へや》に退散《たいさん》した。

机《つくえ》の上《うえ》のペンケースからおみくじを取《と》りだす。

未来《みらい》　想《おも》いが叶《かな》う名前《なまえ》。

これのおかえしに、私《わたし》、あのときサッカーボールのお守《まも》り作《つく》ったんだ。

ひかりを守《まも》ってくださいって願《ねが》いをこめて。

大切《たいせつ》にしてるって、ひかり言《い》ってくれた。

神様《かみさま》、お願《ねが》い。ひかりを守《まも》ってください。

ひかり、痛《いた》くない？　試合《しあい》さいごまででられなくてくやしがってない？

落《お》ちこんでない？

ひかり、会《あ》いたいよ。


翌日《よくじつ》。月曜日《げつようび》。

学校《がっこう》ではとりあえずノートはとっているものの授業《じゅぎょう》はうわの空《そら》。

ひかりのことばかり考《かんが》えてしまう。

三時間目《じかんめ》が終《お》わると、先生《せんせい》に廊下《ろうか》で手《て》まねきされた。

なんだろう？

「先週《せんしゅう》は楽《たの》しくて聞《き》いてないってふうだったが、今日《きょう》は心配事《しんぱいごと》があって集中《しゅうちゅう》してないってふうだな。病気《びょうき》のほうはどうだ？　よくないのか？」

どきりとした。先生《せんせい》、よく見《み》てる。

「いえ、ちょっと夜《よ》ふかししただけです」

「ならいいが。あ、夜《よ》ふかしは体《からだ》によくないだろ」

ひかりのことで頭《あたま》がいっぱいなのに、まわりの大人《おとな》から見《み》ると病気《びょうき》が悪化《あっか》したのかと思《おも》われちゃうんだ。気《き》をつけないと、お母《かあ》さんにも心配《しんぱい》かけちゃう。

「早寝早起《はやねはやお》きします」

頭《あたま》をさげ、自分《じぶん》の席《せき》にもどろうとすると今度《こんど》は龍斗《りゅうと》に呼《よ》び止《と》められた。

「はい、これ」

メモをわたされる。

そこには聞《き》いたこともない病院《びょういん》の名前《なまえ》とその住所《じゅうしょ》が書《か》かれていた。

けど、その下《した》に書《か》かれてある駅《えき》の名前《なまえ》は知《し》っている。

ひかりの家《いえ》の最寄《もよ》り駅《えき》だ。

まさか！　龍斗《りゅうと》を見《み》あげる。

「おれも大木《おおき》のみまい行《い》こうかなって。ファイターズに知《し》り合《あ》いがいるから聞《き》いたんだ」

ありがとう！　と声《こえ》にだしかけたけど、ぐっと飲《の》みこんだ。

だって……。

すると龍斗《りゅうと》があっけらかんと思《おも》いもよらぬことを言《い》ってきた。

「真面目《まじめ》でおかたいなあ、前田未来《まえだみらい》は」

「え？」

「自分《じぶん》がふった男子《だんし》からはこのメモ受《う》け取《と》りづらい。そういうことだろ？」

下《した》をむいた。

あまりにも当《あ》たりすぎていて、どうしよう、なんて言《い》っていいのかわからない。

じつはまえに龍斗《りゅうと》から告白《こくはく》されたことがあったのだ。

そのときは私《わたし》はひかりが好《す》きと断《ことわ》ったのだけど……。

「でも、まあ、そういうところが好《す》きなんだけど」

つぶやくように龍斗《りゅうと》が口《くち》にした。

今《いま》のって、独《ひと》り言《ごと》だよね。どう受《う》け取《と》っていいのか、反応《はんのう》のしかたすらわからない。

「よし！　こうしよう！」

龍斗《りゅうと》が気《き》まずい空気《くうき》をがらりとかえるような声《こえ》をだした。

「これで未来《みらい》に貸《か》し一《ひと》つ」

「貸《か》し？」

「そのうち宿題《しゅくだい》とか、先生《せんせい》にたのまれた用事《ようじ》とか、おれがこまったときに手伝《てつだ》いたのむからそれでいいだろ」

宿題《しゅくだい》ぐらいなら。いいのかな、それで。

「うん」

「じゃあ、貸《か》し一《ひと》つ。決《き》まり！」

龍斗《りゅうと》は教室《きょうしつ》に走《はし》ってもどる。

「あ、ありがとう！」

私《わたし》はわたされたメモを胸《むね》の前《まえ》でにぎった。

4章《しょう》 会《あ》えるかもしれない

土曜日《どようび》。

学校《がっこう》が午前中《ごぜんちゅう》で終了《しゅうりょう》。

ひかりのおみまいに行《い》くのは今日《きょう》しかない。

本当《ほんとう》はもっと早《はや》く行《い》きたかったけど、行《い》ったことのないところに行《い》くって、平日《へいじつ》はむずかしい。

それに、行《い》っていいのかなって迷《まよ》いもあって。

だって、ひかりから連絡《れんらく》が来《き》たわけじゃないのに、いきなり行《い》ってしまうことになる。

ひかり、びっくりしていやな気持《きも》ちになるかもしれない。

でも静香《しずか》に相談《そうだん》したら、ひかりは喜《よろこ》ぶからぜったいに行《い》くべきだって。

私《わたし》もそれを信《しん》じる。

家《いえ》に帰《かえ》り、おみまいに行《い》く準備《じゅんび》をはじめた。

なにがいいかよくわからないけど、私《わたし》の経験上《けいけんじょう》、入院《にゅういん》って退屈《たいくつ》なんだよね。

というわけで本《ほん》を一冊《いっさつ》バッグに入《い》れた。

あと、この数日間《すうじつかん》2人分《ふたりぶん》とっておいた算数《さんすう》と理科《りか》のノート。

この2教科《きょうか》だけ、ひかりの学校《がっこう》と教科書《きょうかしょ》が同《おな》じなんだ。

お財布《さいふ》とパスモもいれて、家《いえ》を出《で》て駅《えき》にむかった。

暦《こよみ》の上《うえ》では秋《あき》らしいけど、まだまだ暑《あつ》い。

駅《えき》に行《い》く途中《とちゅう》でパン屋《や》さんの「カップケーキはじめました」というのぼりが目《め》にはいる。

安《やす》くてデコレーションがきれいで話題《わだい》なんだよね。

おみまいってお菓子《かし》とかも持《も》っていくものかも。

そういえば、ひかり、私《わたし》が入院《にゅういん》していたとき、おみくじといっしょにアイスバーを持《も》ってきてくれたっけ。

でも、それはとけていて、私《わたし》は平気《へいき》で「いらない」「私《わたし》の人生《じんせい》、そんなもん」とか口《くち》にしちゃったんだよね。

今《いま》、思《おも》いかえすと、私《わたし》ってあのころ相当《そうとう》いやな子《こ》だったよね。

よし、あのときのお礼《れい》ってこともあるし、買《か》って病院《びょういん》でいっしょに食《た》べよう！

一《ひと》つ、１８０円《えん》で二《ふた》つ買《か》ったら３６０円《えん》。

月《つき》のお小遣《こづか》いは５００円《えん》なんだけど、今《いま》まで病気《びょうき》であまり使《つか》えなかったから、少《すこ》したまっているし。

二《ふた》つ買《か》って電車《でんしゃ》に乗《の》りこむと、ハンカチで汗《あせ》をぬぐった。

病院《びょういん》のある駅《えき》はここから30分《ぷん》ぐらい。

早《はや》くひかりに会《あ》いたくてじれったい気持《きも》ちと、とつぜんおみまいに行《い》くとまどいとが交《こう》互《ご》に私《わたし》の心《こころ》をおそう。

でも、おみまいまで買《か》ったんだから、やっぱり行《い》くべき。

駅《えき》に着《つ》き改札《かいさつ》を出《で》ると病院《びょういん》の看板《かんばん》があって、行《い》きかたがすぐにわかった。

ひかりの家《いえ》とは逆方向《ぎゃくほうこう》でここからあっという間《ま》だ。

横断歩道《おうだんほどう》を二回《かい》わたったら目《め》の前《まえ》にひかりの入院《にゅういん》している病院《びょういん》があった。

息《いき》をのむ。大《おお》きい。

私《わたし》も月《つき》に一回《いっかい》は自分《じぶん》のことで病院《びょういん》に通《かよ》っているけど、知《し》らない病院《びょういん》って緊張《きんちょう》する。

そもそも楽《たの》しい場所《ばしょ》じゃないし、なんだか飲《の》みこまれそう。

いろんな科《か》があるな。西棟《にしとう》と東棟《ひがしとう》？

龍斗《りゅうと》からのメモをバッグから取《と》りだす。

東棟《ひがしとう》、5階《かい》、15号室《ごうしつ》。

そこまできちんと書《か》かれていてホッと胸《むね》をなでおろした。

さすが龍斗《りゅうと》、感謝《かんしゃ》する。

お礼《れい》に宿題《しゅくだい》でもなんでも手伝《てつだ》うよ。

東棟《ひがしとう》にはいりエレベーターを待《ま》とうとしたけど、病院《びょういん》のエレベーターって点滴《てんてき》したりベッドに乗《の》せられている患者《かんじゃ》さんを優先《ゆうせん》するのがルール。

自分《じぶん》が具合悪《ぐあいわる》いときは優先《ゆうせん》される側《がわ》だったけど、今《いま》は病状《びょうじょう》が落《お》ち着《つ》いていることもあるせいか、それよりなによりもひかりに会《あ》いたいって気持《きも》ちが強《つよ》くてじれったい。

その場《ば》で足踏《あしぶ》みをする。

うん、どこも痛《いた》くない。

５階《かい》だもん。階段《かいだん》、自分《じぶん》の足《あし》でのぼっちゃえ。

せっせとかけあがり、５階《かい》につくと肩《かた》で息《いき》をしながら「15号室《ごうしつ》」をさがした。

あった、「大木《おおき》ひかり」！

けど、この戸《と》を開《あ》けていいのかどうか。

だって大木《おおき》ひかり以外《いがい》にもたくさんの名前《なまえ》が書《か》かれているってことは、この戸《と》のむこうにはひかりもいるけど、他《ほか》の人《ひと》もたくさんいるってことで。

そのひかりにもなんの連絡《れんらく》もしないで来《き》ちゃったわけだし。

お母《かあ》さんとか、おませな妹《いもうと》とかいるかもしれない。

あなた、だれ？　とか聞《き》かれたらどうしよう。

気《き》がついたら戸《と》の前《まえ》を行《い》ったり来《き》たりしていた。

なにげなく、そっとあの戸《と》をひいて、家族《かぞく》がいたらまちがえたって顔《かお》をして、すって閉《し》めちゃうとか。

そうだ、そうしよう。

カップケーキはお母《かあ》さん、もしくは静香《しずか》と食《た》べればいい。

よし！

覚悟《かくご》を決《き》め、なにげなく戸《と》をすっとひいた。

すると……。

戸《と》のすぐ近《ちか》くのベッドにひかりがいた。

ギプスをして足《あし》をのばし、体《からだ》を半分《はんぶん》起《お》こしている。

ひかりはぱちくりと私《わたし》を見《み》ている。

私《わたし》もひかりの顔《かお》を見《み》て立《た》ちつくす。

ひかりが今《いま》、目《め》の前《まえ》にいる。それだけで、胸《むね》が一気《いっき》に熱《あつ》くなる。

しばらくして、やっとひかりが口《くち》を開《ひら》いた。

「未来《みらい》」

自分《じぶん》の顔《かお》が自然《しぜん》に笑顔《えがお》になったのがわかる。だから、自然《しぜん》に声《こえ》がでた。

「ひかり」

私《わたし》はそっと戸《と》を閉《し》めた。

よかった。だれもおみまいに来《き》ていない。

手《て》や足《あし》を包帯《ほうたい》で巻《ま》いてベッドに寝《ね》ている大人《おとな》が5人《にん》いるだけだ。

「未来《みらい》、どうして？　ここよくわかったな」

「うちのクラスの龍斗《りゅうと》がファイターズの知《し》り合《あ》いから聞《き》いて、それを私《わたし》が聞《き》いて」

ひかりの顔《かお》を見《み》たら、元気《げんき》そうでよかったという気持《きも》ちと、やっと会《あ》えたという思《おも》いでごっちゃになり、自分《じぶん》でもう、なんだかわからない。

「座《すわ》れよ」

ひかりが横《よこ》においてあったいすをすすめてくれたので静《しず》かに腰《こし》かける。

すると、ひかりの視線《しせん》を感《かん》じた。

ひかりは私《わたし》をまじまじと見《み》ていたかと思《おも》うと、急《きゅう》にばつが悪《わる》そうに頭《あたま》をかきだした。

「なに？」

「だって、おれ自分《じぶん》で試合観《しあいみ》に来《き》てくれってさそっておいて、なんの会話《かいわ》もできないままケガして救急車《きゅうきゅうしゃ》じゃん。乗《の》せられるときも未来《みらい》がいるのわかってたけど、結局《けっきょく》ぶざまなままなにも声《こえ》かけられなくて。選手《せんしゅ》としてもキャプテンとしても最悪《さいあく》で。かっこ悪《わる》いったらありゃしねえよ」

ひかりの口《くち》からぶざま、かっこ悪《わる》いなんて言葉《ことば》がでてきておどろいた。

「そんなこと考《かんが》えたの？　私《わたし》のほうこそ、真《ま》っ青《さお》な顔《かお》のひかり見《み》てどうしようどうしようって、なにしていいのかわからなくて、私《わたし》のほうがずっとみっともなかったよ」

「そっか。じゃあ、おれたちおたがいかっこ悪《わる》かったんだな」

ひかりが笑《わら》った。

私《わたし》もつられて笑《わら》う。

こんなすばらしいときはないと胸《むね》がいっぱいになる。

「あ、ねえ。それで、足《あし》どうなの？」

私《わたし》がギプスに目《め》をやると、ひかりの表情《ひょうじょう》がかわった。

生《い》き生《い》き咲《さ》いていた花《はな》が急《きゅう》にしおれるみたいにしょぼくれる。

「右足首骨折《みぎあしくびこっせつ》。ふつうにプレーできるまで1ヶ月半《かげつはん》から2ヶ月《かげつ》だって」

2ヶ月《かげつ》なんてあっという間《ま》だよ！　と、口《くち》にだしそうになったけどあわてて言葉《ことば》を飲《の》みこんだ。

ひかりにとっては2ヶ月《かげつ》サッカーができないってすごくつらいことだから。

「ま、あっという間《ま》だろ、２ケ月《かげつ》なんて。けど、かゆいぞギプスって。夜《よる》、とつぜんかゆくなるんだよ」

無理《むり》して笑《わら》っているのがはっきりとわかった。

私《わたし》もそうだった。

病気《びょうき》やケガって一番《いちばん》つらいのは今《いま》までふつうにできていたことが急《きゅう》にできなくなること。

そして、まわりがふつうにできていることが自分《じぶん》にだけできなくなるってこと。

そういうときって取《と》り残《のこ》された気《き》がして、不安《ふあん》になったりあせったりする。

けど、暗《くら》くするとまわりに迷惑《めいわく》なんじゃないかって、がんばって明《あか》るくしてしまう。

すると、明《あか》るくふるまえばふるまうほど、ふと1人《ひとり》になったときにその反動《はんどう》で、おおげさじゃなく、地球上《ちきゅうじょう》で自分《じぶん》はたった1人《ひとり》みたいに思《おも》えてきて。

ひかり、きついだろうな。

そのきつさ、痛《いた》いほどわかる。

でも、痛《いた》いほどわかるのに、ひかりはすぐ目《め》の前《まえ》にいるのに気《き》の利《き》く言葉《ことば》が見《み》つからないよ。

ぐー。

ひかりのおなかが鳴《な》った。

「やべえ、昨日《きのう》ぜんぜん食《く》えなかったぶん、今日《きょう》やたら腹《はら》へるんだよ」

「よかった、いいの持《も》ってきた」

持《も》ち手《て》つきの小《ちい》さな紙袋《かみぶくろ》からカップケーキを取《と》りだした。

「すげえ。豪華《ごうか》だな。うまそ、いただきます」

ひかりがむしゃむしゃとほおばる。

「ひかり、クリームついてるよ」

ひかりは自分《じぶん》の指《ゆび》でクリームをぬぐってあっという間《ま》にカップケーキを食《た》べ終《お》え、二《ふた》つ目《め》をかじった。

「あ、それ、私《わたし》が食《た》べようと思《おも》ってたやつ」

「え？　そうなのか？」

「いいよ、ひかり食《た》べて」

私《わたし》は笑《わら》いをこらえる。

「未来《みらい》、今《いま》、思《おも》いだした。おまえが入院《にゅういん》しているとき、おれ、ジュース持《も》っていかなかったっけ」

「持《も》ってきてくれた。けど……」

こっちが言《い》い終《お》わるまえにひかりから言《い》ってきた。

「おれが飲《の》んじゃったんだよな！」

あのときのことを思《おも》いだし、私《わたし》たちはげらげら笑《わら》いあった。

「なんだよ、またおれ、同《おな》じようなことしてるよ。成長《せいちょう》ねえな～」

その言《い》い方《かた》がすごくひかりらしくて私《わたし》の胸《むね》がきゅっと音《おと》をたてた。

「そうだ、これ」

私《わたし》はひかりにノートを見《み》せた。

「理科《りか》と算数《さんすう》、同《おな》じ教科書《きょうかしょ》だから。勉強《べんきょう》おくれちゃうでしょ」

ひかりはノートをめくる。

「すげえわかりやすいなこれ。どうせなにもすることねえし、勉強《べんきょう》するのもいいかもな。急《きゅう》に秀才《しゅうさい》になったりしてな」

「それじゃ、ひかりらしくなくなっちゃうよ」

「なんだよ、じゃあ、持《も》ってくるなよ」

ひかりが笑《わら》う。

私《わたし》の胸《むね》がはじける。

きっと、どこにであるようなたわいもない会話《かいわ》。

けど、そんなひかりとのやりとりがいつだって私《わたし》の胸《むね》を焦《こ》がす。

この時間《じかん》が永遠《えいえん》に続《つづ》きますように！　って祈《いの》ってしまう。

「あと、これも」

私《わたし》は本《ほん》をわたした。

「絵本《えほん》？　『手《て》ぶくろを買《か》いに』……？」

「『ごんぎつね』って国語《こくご》の教科書《きょうかしょ》になかった？」

「さいごにきつねが死《し》んじゃう悲《かな》しいやつだろ」

「それを書《か》いた人《ひと》の作品《さくひん》なんだけど。私《わたし》、ごんぎつねよりこっちのほうが好《す》きなんだ。病気《びょうき》のことで時々《ときどき》不安《ふあん》になると、本当《ほんとう》はここに描《えが》かれている子《こ》ぎつねみたいな自分《じぶん》でいたいのにって。この作品《さくひん》を書《か》いた人《ひと》はきっと、人間《にんげん》の悲《かな》しい部分《ぶぶん》をごんぎつねで書《か》いて、希望《きぼう》に満《み》ちた明《あか》るい部分《ぶぶん》をこっちのほうで書《か》いたんじゃないかなあ」

ひかりは私《わたし》の説明《せつめい》を聞《き》きながら表紙《ひょうし》をじっと見《み》ていた。

ひょっとしたら不安《ふあん》って言葉《ことば》がひっかかったのかもしれない。

「なんか、よさそうな本《ほん》だな。読《よ》んでみるよ」

本《ほん》を見《み》ていたひかりが急《きゅう》にためいきをつき天井《てんじょう》を見上《みあ》げた。

「あ〜あ、試合《しあい》、負《ま》けちまったな」

たぶん、ひかりの本音《ほんね》中《ちゅう》の本音《ほんね》だ。

ずっとこの1週間《しゅうかん》、「負《ま》けた」ってことが頭《あたま》にこびりついてはなれなかったんだ。

5章《しょう》　君《きみ》だけはわかってくれる

「ひかり」

「うん？」

「今《いま》ね、一瞬《いっしゅん》、精一杯《せいいっぱい》やったじゃんって言《い》おうとしたの。でも、やめた。だって、精一杯《せいいっぱい》やりたかったのに、途中《とちゅう》でケガしちゃったんだもん。ケガするまでがんばったからこそ、勝《か》ちたいもん。負《ま》けたらくやしいのあたりまえ。私《わたし》だったら、毎晩思《まいばんおも》いだして歯《は》ぎしりしちゃう」

ひかりが私《わたし》を見《み》つめる。

まずい。えらそうだった？

「未来《みらい》ってさ、スポーツやったことあるの？」

「え？　体育《たいいく》ぐらいしかないけど。でも、運動神経《うんどうしんけい》そんなに悪《わる》くないいんだよ」

病気《びょうき》でスポーツとは縁《えん》がないって言《い》いそうになったけど、今《いま》のひかりの前《まえ》で暗《くら》い話《はなし》はしたくない。

「そっか。スポーツやったことあるみたいなセリフだからさ。気持《きも》ちわかってくれるっていうか。そうなんだよ。親《おや》とか、がんばったからいいじゃないかって、なぐさめのつもりで言《い》ってくれるんだろうけど、ちがうだろ！　って言《い》いかえしたくなるんだよ。亮介《りょうすけ》って5年生《ねんせい》いてさ、あいつ一生懸命《いっしょうけんめい》パスしてくれたのに、決《き》めてやれなかったのいまだにくやしいんだよ」

「その子《こ》もひかりと同《おな》じぐらいくやしいよ」

「そうだな、そういうことだな」

ひかりはうなずく。

そして言葉《ことば》を続《つづ》けた。

「くやしいって気持《きも》ち、今《いま》までになんどもあった。試合《しあい》で負《ま》けることもたくさんあったし、レギュラーからはずされたこともある。けど、今《いま》まではくやしくてもサッカーすれば気持《きも》ちが晴《は》れたけど……」

ひかりは自分《じぶん》のギプスに目《め》をやる。

「うわああって、さけびたくなるよな」

冗談《じょうだん》っぽく口《くち》にしていたけど、そうじゃない。

本当《ほんとう》にさけびたいんだ。

一番《いちばん》好《す》きなこととりあげられちゃったんだもんね。

「私《わたし》、つきあうよ」

「え？」

ひかりはきょとんとしていた。


私《わたし》たちは屋上《おくじょう》にあがった。

ひかりは思《おも》ったより松葉杖《まつばづえ》に慣《な》れていた。

私《わたし》もどきどきしながら手《て》を貸《か》したけど、余計《よけい》かなって思《おも》えるほどだった。

「おれ、体使《からだつか》うことは覚《おぼ》えるのはやいんだよ」

得意《とくい》げに言《い》っている。

屋上《おくじょう》は洗濯《せんたく》されたシーツがたくさん干《ほ》されていた。

車《くるま》いすの人《ひと》も看護師《かんごし》さんと景色《けしき》をながめに来《き》ている。

私《わたし》とひかりは柵《さく》の手前《てまえ》まで来《き》た。

学校《がっこう》の4階《かい》よりずっと空《そら》と雲《くも》が近《ちか》い。

たくさんの家《いえ》の屋根《やね》。ところどころにマンションやビル。

ここと同《おな》じで家《いえ》の2階《かい》で干《ほ》してある洗濯物《せんたくもの》まで見《み》える。

「あ、あれ、おれの学校《がっこう》」

ひかりが指差《ゆびさ》したほうにはグラウンドと消《け》しゴムぐらいのサイズの校舎《こうしゃ》が見《み》えた。

ひかり、毎日《まいにち》あそこに通《かよ》ってるんだ。

たったそれだけのことに心《こころ》がさわぐ。

本当《ほんとう》はここでうわあああってさけぶ予定《よてい》だったんだけど。

私《わたし》から言《い》いだしたんだけど……。

「ひかり、ごめん」

「え？」

「けっこう、人《ひと》いるね。弱《よわ》ったね」

急《きゅう》に迷《まよ》いがでてくる。

ところが、ひかりはすうと息《いき》を吸《す》ったかと思《おも》うと、

「うわああああ」

って、遠《とお》い空《そら》にむかって本当《ほんとう》にさけんでしまった。

ひかりは楽《たの》しそうに笑《わら》っていた。

私《わたし》はあんぐり口《くち》を開《あ》ける。

「未来《みらい》、言《い》いだしっぺなんだからおまえもやれよ。これ、楽《たの》しいぞ！」

ひかりのくったくのない笑顔《えがお》がまぶしい。

そのまぶしさに押《お》され、私《わたし》も息《いき》を吸《す》った。

「うわあああああ」

思《おも》い切《き》り大《おお》きな声《こえ》を雲《くも》にむかってさけぶ。

「な、いいだろ」

ひかりがこっちを見《み》た。

「うん。最高《さいこう》！」

「だろ」

私《わたし》たちはうなずきあった。

そして、今度《こんど》は2人《ふたり》同時《どうじ》に声《こえ》だした。

「うわあああああ」

声《こえ》を出《だ》したあとにおたがいの顔《かお》を見《み》る。おなかをかかえて笑《わら》う。

「ちょっと、君《きみ》たちうるさいわよ」

洗濯物《せんたくもの》の間《あいだ》から、看護師《かんごし》さんが走《はし》ってきておこられた。

「すみませ～ん」

それも同時《どうじ》に同《おな》じ言葉《ことば》がでた。

それがおかしくてまた笑《わら》い合《あ》う。

看護師《かんごし》さんは「もう、今時《いまどき》の子《こ》は」とぷんぷんしながらきびすをかえした。

「すっきりしたな」

ひかりが言《い》った。

言葉《ことば》どおり本当《ほんとう》にすっきりした顔《かお》をしている。よかった。

「未来《みらい》もなんかあるのか？」

「え？」

「いや、声《こえ》のだし方《かた》が見事《みごと》だったから」

「ええ？」

はずかしくてごまかすように笑《わら》い、そのあと本音《ほんね》を口《くち》にした。

「不安《ふあん》になるの」

「不安《ふあん》？」

私《わたし》はうなずく。

「今《いま》、体《からだ》、すごく調子《ちょうし》いいの。このまま完全《かんぜん》に治《なお》っちゃって、持病《じびょう》があったなんて、ウソでしょってことになりそうなぐらいに。けど、調子《ちょうし》よければよいほど、とっぱつ的《てき》にまた悪《わる》くなったらって不安《ふあん》がよぎるの」

「すげえ元気《げんき》そうだから、そのまま治《なお》っちゃうんじゃないか？」

私《わたし》は首《くび》を横《よこ》にふる。

「完全《かんぜん》に治《なお》るって考《かんが》えるよりは、よくなったり悪《わる》くなったりをくりかえし、うまいぐあいにつきあっていくことのほうが大事《だいじ》なんだって。このまえ、病院《びょういん》で同《おな》じ病気《びょうき》のおばあちゃんに言《い》われた。『あたしは60歳《さい》ぐらいでなったからいいけど、あんたはそんな小《ちい》さいころからじゃ大変《たいへん》だね』って」

「そっか。おれの足《あし》は来月《らいげつ》にはくっつくけど、未来《みらい》はなんだかんだずっと病気《びょうき》と友《とも》だちでいなきゃいけないんだな」

「友《とも》だち？」

「ああ、おれ、ギプスと松葉杖《まつばづえ》、友《とも》だちって思《おも》ってるんだ。だって、ギプスかゆいから、友《とも》だちとでも思《おも》わないとやってられねえんだよ。松葉杖《まつばづえ》もないとトイレにも行《い》けないし」

「それいいね。私《わたし》も病気《びょうき》、友《とも》だちだと考《かんが》えようかな」

空《そら》がほのかに赤《あか》く色《いろ》をおびだしていた。

するとひかりがポケットから半分《はんぶん》だけあるものを見《み》せた。

それは、私《わたし》があげたお守《まも》りだった。

青《あお》い布《ぬの》で袋状《ふくろじょう》に作《つく》られ、白《しろ》と黒《くろ》のフェルトで作《つく》られたサッカーボールが縫《ぬ》いつけてある。

一年前《ねんまえ》の夏《なつ》、入院《にゅういん》していた夜《よる》、心《こころ》をこめて作《つく》ったたっけ。

「妹《いもうと》に自分《じぶん》の部屋《へや》から持《も》ってこさせたんだ。これがあると、勇気《ゆうき》がわいてくる」

「ひかり……」

「あ！　試合《しあい》のとき持《も》っていけばよかった！　これがあれば骨折《こっせつ》しなくて勝《か》てたかも！　失敗《しっぱい》した〜」

ひかりは冗談《じょうだん》まじりで言《い》っていたけど、どこか本気《ほんき》だった。

西日《にしび》がひかりの顔《かお》を照《て》らす。

ずっとそばにいたい。

私《わたし》がお守《まも》りになってひかりをずっと守《まも》ってあげたい。

「あのさ」

ひかりが照《て》れくさそうに視線《しせん》をそらす。

「よかったら、また来《き》てくれないか」

「もちろん！」

私《わたし》は来週《らいしゅう》もおみまいに来《く》る約束《やくそく》をした。

病院《びょういん》をでようと、胸《むね》いっぱいのまま1階《かい》の待合室《まちあいしつ》におりる。
自動《じどう》ドアから、知《し》っている子《こ》がこっちにやってきた。
ファイターズのマネージャー。
ジャージ姿《すがた》でリュックを背負《せお》っている。
むこうも気《き》づき、私《わたし》の足《あし》が止《と》まった。
マネージャーはつかつかとこっちにむかってきた。
緊張《きんちょう》した空気《くうき》がながれる。
彼女《かのじょ》が私《わたし》のすぐ前《まえ》まで来《き》たとき。
「こ、こんにちは」
私《わたし》が声《こえ》をかけたにもかかわらず、マネージャーは無言《むごん》で通《とお》りすぎていった。
背筋《せすじ》にものさしでもつっこまれたような気《き》がした。
嫌《きら》われてる、私《わたし》。
でも、なんで？
一瞬《いっしゅん》、ある考《かんが》えが頭《あたま》をよぎったけど、なかったことにした。

6章《しょう》

2度目《どめ》のおみまい

数日後《すうじつご》。ふたたびひかりの病院《びょういん》にむかう。

本当《ほんとう》は1週間後《しゅうかんご》にしようかと思《おも》ったけど、待《ま》ちきれなくて平日《へいじつ》、授業《じゅぎょう》が終《お》わってから猛《もう》ダッシュで病院《びょういん》にむかった。

ひかりに会《あ》える。これほど私《わたし》に力《ちから》をあたえてくれることが他《ほか》にあるだろうか？

ぜったいにない。

今回《こんかい》はお小遣《こづか》いの都合《つごう》でお菓子《かし》はなし。

でも、算数《さんすう》と理科《りか》のノートは作《つく》った。

二回目《かいめ》なので病院《びょういん》も行《い》きやすい。

エレベーターに乗《の》って5階《かい》でおりる。

廊下《ろうか》の時計《とけい》を見《み》る。まだ、4時《じ》。意外《いがい》に早《はや》くつけた。がんばった。

私《わたし》はそのとき錯覚《さっかく》した。

少《すこ》しでも早《はや》くとがんばって来《き》たものだから、きっと自分《じぶん》がひかりの病室《びょうしつ》へ一番乗《いちばんの》りなんだという気持《きも》ちになっていた。

病室《びょうしつ》の前《まえ》で軽《かる》く深呼吸《しんこきゅう》して、戸《と》を引《ひ》く。

引《ひ》いた瞬間《しゅんかん》に「あ」と思《おも》ったけど、もうおそかった。

私《わたし》は一番乗《いちばんの》りでもなんでもなかった。

ひかりは1人《ひとり》ではなく、しかも楽《たの》しくてたまらないとばかりに笑《わら》っていた。

そこには想像《そうぞう》もしなかった世界《せかい》があった。

「ほら飲《の》んで」

「まりん！　においからして、まずそうだぞ」

食事用《しょくじよう》のテーブルの上《うえ》にどろっとした飲《の》み物《もの》がはいったコップが置《お》かれている。

いすに座《すわ》りながらそれをすすめているのはあのマネージャーの子《こ》。

「ひかり、言《い》っておくけどものすごくまずいぞ、それ」

立《た》って笑《わら》っているのはひかりといっしょに救急車《きゅうきゅうしゃ》に乗《の》った、たしか大宮選手《おおみやせんしゅ》だっけ、あの人《ひと》だった。

ひかりは笑《わら》いながら困《こま》っていたけど、「あ」と私《わたし》に気《き》づいてくれた。

「未来《みらい》」

「あ、あの」

私《わたし》はとりあえず戸《と》を閉《し》めた。

けど、そのあとの立《た》ちふるまいに困《こま》ってしまう。

すると、ひかりが紹介《しょうかい》してくれた。

「大宮《おおみや》さん、か、彼女《かのじょ》は、い、いやえと、この子《こ》は前田未来《まえだみらい》。おれと同《おな》い年《どし》です」

一瞬《いっしゅん》、彼女《かのじょ》という言葉《ことば》にどきりとするけど、そっちの彼女《かのじょ》じゃなく代名詞《だいめいし》の意味《いみ》ね。

ひかり、いつもとちがう。なんだか照《て》れくさそう。

だから、私《わたし》も照《て》れながら、大宮《おおみや》さんに頭《あたま》を下《さ》げた。

「こんちには」

「どうも」

やっぱりプロ選手《せんしゅ》ってオーラがある。立《た》っているだけでかがやいている。

「で、未来《みらい》。こいつはファイターズのマネージャーで大宮《おおみや》まりん、6年生《ねんせい》」

「なによ。こいつって」

いすに座《すわ》っていた子《こ》はむっとしていた。

大宮《おおみや》まりん、それがこの子《こ》の名前《なまえ》。あれ、大宮選手《おおみやせんしゅ》と同《おな》じ名字《みょうじ》？

「2人《ふたり》は年《とし》のはなれた兄妹《きょうだい》なんだ」

ひかりが説明《せつめい》してくれた。

「ねえ、プロからの個人指導《こじんしどう》って、大宮《おおみや》さんのこと？　ほら、手紙《てがみ》に書《か》いてあった」

『手紙《てがみ》』を強《つよ》めて言《い》った瞬間《しゅんかん》、大宮《おおみや》まりんさんと目《め》があった。

彼女《かのじょ》はすぐに視線《しせん》をそらしたけど、『手紙《てがみ》』を気《き》にしたのがはっきりとわかった。

ひかりは、

「そう、それがこの大宮選手《おおみやせんしゅ》」

と、明《あか》るく答《こた》えてくれた。

大宮選手《おおみやせんしゅ》がさわやかに笑《わら》う。

ひかりがこんなすてきな人《ひと》にサッカーを教《おし》えてもらえるのは自分《じぶん》のことのように、ううん、それ以上《いじょう》にうれしい。

でも、このマネージャーのお兄《にい》さんってなると……。

なんだろう、この妙《みょう》な気持《きも》ちは。いやな予感《よかん》は。

「じゃあ、おれはここで帰《かえ》る。未来《みらい》ちゃん、また。まりん、あとは頼《たの》んだぞ」

大宮選手《おおみやせんしゅ》が部屋《へや》をでようとすると、ひかりは、

「ありがとうございました」

と元気《げんき》な声《こえ》をだした。

私《わたし》もあわてておじぎする。

すると大宮《おおみや》まりんさんが両手《りょうて》を腰《こし》にあてた。

「ひかり、マネージャーとしての命令《めいれい》！ アメリカの製薬会社《せいやくがいしゃ》から手《て》に入《い》れたカルシウム&《アンド》プロテインのスペシャルドリンク、飲《の》んで！ お兄《にい》ちゃんもケガしたとき飲《の》んでたから」

「え？ 大宮選手《おおみやせんしゅ》も？ じゃあ、よし、いくぞ」

ひかりは覚悟《かくご》を決《き》め、コップをにぎりしめ一気《いっき》飲《の》みした。

「まずい！」

ひかりが思《おも》い切《き》り顔《かお》の中心《ちゅうしん》にしわをよせた。

大宮《おおみや》まりんさんが楽《たの》しそうに笑《わら》う。

「いい、ひかり。それ、毎日《まいにち》持《も》ってきてあげるから。毎日《まいにち》ね！」

私《わたし》の耳《みみ》が大宮《おおみや》まりんさんの『毎日《まいにち》』って言葉《ことば》にぴくりと反応《はんのう》した。

まるで、さっき、大宮《おおみや》まりんさんが私《わたし》の『手紙《てがみ》』って言葉《ことば》に反応《はんのう》したように。

私《わたし》が意識《いしき》しすぎている？

「毎日《まいにち》はかんべんしてくれよ～。あ、まりん、悪《わる》いけど、未来《みらい》にいすゆずってやってくれないか？」

大宮《おおみや》まりんさんがきょとんとした。

ひかり、気《き》を遣《つか》ってくれるのはうれしいけど、この子《こ》の前《まえ》ではやめたほうがいいかも。

「未来《みらい》、時々《ときどき》調子《ちょうし》悪《わる》いときあってさ」

「ひかり、私《わたし》、今《いま》すごく元気《げんき》だから。心配《しんぱい》しないで」

大宮《おおみや》まりんさんはひかりと私《わたし》の顔《かお》を交互《こうご》に見《み》る。

そのたびにポニーテールがゆれる。

「どこか悪《わる》いの？」

「いや、なんていうか」

ひかりは説明《せつめい》に困《こま》っている。

だから、はっきり言《い》おうと決《き》めた。

「大宮《おおみや》さん、私《わたし》、持病《じびょう》があるの。時々《ときどき》関節痛《かんせついた》くなるんだけど、今《いま》は平気《へいき》だから」

すると、大宮《おおみや》まりんさんは「へえ」とだけ言《い》った。

空気《くうき》がかすかによどむ。

ひさびさに味《あじ》わったなこの雰囲気《ふんいき》。

小学生《しょうがくせい》なのに持病《じびょう》があるって発言《はつげん》すると、大半《たいはん》の人《ひと》が「そんなことあるんだ。悪《わる》いこと聞《き》いちゃった」って顔《かお》になる。

今《いま》の大宮《おおみや》まりんさんがまさにそう。

まあ、しかたないけど。どうしようもないんだけど。

すると大宮《おおみや》まりんさんはすっくと立《た》ち上《あ》がった。

「どうぞ、座《すわ》って」

「いいよ」

「座《すわ》ってよ。あたしのせいで痛《いた》くなったらいやだから」

あたしのせいで……。

別《べつ》に私《わたし》は今《いま》、急《きゅう》に体調《たいちょう》が悪化《あっか》しても、あなたのせいだなんて絶対《ぜったい》に考《かんが》えないのにな。

どうしてそんな言《い》い方《かた》するんだろう。

そう思《おも》った瞬間《しゅんかん》、封印《ふういん》していた嫌《きら》いな自分《じぶん》がすっと飛《と》びでてしまった。

「どうも、ありがとう」

思《おも》いきりいやみっぽくほほえんで、どすんと大《おお》きな音《おと》を立《た》てて座《すわ》ってやった。

私《わたし》の対応《たいおう》に2人《ふたり》ともおどろいている。

しまった。後悔《こうかい》で苦《にが》くなる。

大宮《おおみや》まりんさんのほうはともかく、ひかりのおどろいた顔《かお》がすごくつらかった。

ひかりと出会《であ》ってかわったはずなのに。

私《わたし》、なにやってるんだろう。

7章《しょう》　はじめて気《き》づいた

「ねえ、大宮《おおみや》さんは、いつからマネージャーやってるの？」

気《き》まずくなった雰囲気《ふんいき》を変《か》えようと自分《じぶん》から会話《かいわ》を切《き》りだしてみる。

「3年生《ねんせい》のころから。ね、ひかり」

「あ、ああ」

別《べつ》にひかりにふらなくても。

すると、彼女《かのじょ》は自分《じぶん》のリュックからサッカーの本《ほん》を何冊《なんさつ》か取《と》りだしてひかりに見《み》せた。

「入院中《にゅういんちゅう》だからってぼーっとしてるのはだめだからね。こういうときこそ、理論《りろん》のほうを勉強《べんきょう》するんだよ」

「了解《りょうかい》、サンキュー」

「じゃあ、ここにいれておくね」

大宮《おおみや》まりんさんはサイドテーブルのボックスを開《あ》ける。

そこには別《べつ》の本《ほん》が先《さき》に置《お》かれていた。

「なに、これ」

彼女《かのじょ》は不思議《ふしぎ》そうに私《わたし》の貸《か》した本《ほん》を見《み》つめる。

なんだか、緊張《きんちょう》してきたんだけど。

「へえ、ひかりって日本《にほん》の名作《めいさく》みたいなの読《よ》むんだ。でもこんなほんわかしそうなもの読《よ》んでる場合《ばあい》じゃないでしょ」

大宮《おおみや》まりんさんは私《わたし》の貸《か》した本《ほん》をすみに置《お》き、自分《じぶん》の持《も》ってきた本《ほん》を中心《ちゅうしん》に置《お》いた。

「いいだろ、おれがなに読《よ》んだって」

ひかりが露骨《ろこつ》にむっとした。

その表情《ひょうじょう》に大宮《おおみや》まりんさんがおどろく。

「別《べつ》になに読《よ》んでもいいけど、マネージャーとしてはケガしてるからって、あんまりのんびりしないでほしいの。治《なお》ったら、すぐにチームをひっぱらなきゃいけないんだから」

「まりんの言《い》ってることもわかる。サッカーの本《ほん》を読《よ》むことも大切《たいせつ》だ。けど、おれだってそういうやすらぐ本《ほん》を読《よ》みたくなるときもあるんだよ！」

2人《ふたり》がけんかをしだすと、となりのベッドの大人《おとな》が苦笑《くしょう》しながら注意《ちゅうい》してきた。

「君《きみ》たち、元気《げんき》なのはいいけど、ここ病室《びょうしつ》だぞ」

「すみません」

「ごめんなさい」

2人《ふたり》は同時《どうじ》にあやまっていた。

直感《ちょっかん》した。

ひかりと大宮《おおみや》まりんさん。この2人《ふたり》には月日《つきひ》がある。

3年生《ねんせい》のころからこうやって時《とき》にはけんかし、そしてささえあって、ファイターズを盛《も》りあげてきたんだ。

私《わたし》とひかりは5年生《ねんせい》の夏休《なつやす》みに出会《であ》った。

でもそのあと一年間《ねんかん》は会《あ》っていなかったし。

ひかりを想《おも》い続《つづ》けた時間《じかん》は私《わたし》にとって濃《こ》くて豊《ゆた》かなものだけど、想《おも》い続《つづ》けるのといっしょにすごすのとはぜんぜんちがう。

私《わたし》は座《すわ》っている自分《じぶん》がなんだか置《お》き物《もの》のように思《おも》えてきた。

目《め》の前《まえ》の2人《ふたり》はけんかして生《い》き生《い》きしているけど、私《わたし》はここに座《すわ》らされているだけみたいに。

気《き》がついたら押《お》し黙《だま》っていた私《わたし》に、大宮《おおみや》まりんさんが「あ」と目《め》をむけた。

「まさか……このきつねの本《ほん》、未来《みらい》ちゃんっていったっけ。あなたがすすめたとか？」

「そうだけど」

すると彼女《かのじょ》は、ふうとためいきをついた。

「ごめん。あたし、なにも知《し》らなかったから」

「未来《みらい》はこの本《ほん》ではげまされたことがあるから、わざわざ持《も》ってきてくれたんだ」

ひかりがそう説明《せつめい》してくれると、大宮《おおみや》まりんさんは、ぴくりと反応《はんのう》していた。

いやな予感《よかん》がした。

「ねえ、未来《みらい》ちゃんは、いつから病気《びょうき》なの？」

「え？　あ、病名《びょうめい》がわかったのは5年生《ねんせい》の夏休《なつやす》み。それまでだるかったり痛《いた》かったりしたけど、なんの病気《びょうき》かわからなくて」

「ふうん。いろいろあったんだ。ねえ、その、なんていうか、自分《じぶん》は病気《びょうき》だからケガしているひかりの気持《きも》ちもわかるとか思《おも》って、この本《ほん》を持《も》ってきたり、おみまいに来《き》てるの？」

言葉《ことば》につまる。

その通《とお》りだけど、そうよ！　とはっきり答《こた》える勇気《ゆうき》はない。

ベッドの上《うえ》のひかりは私《わたし》が困《こま》っているのに気《き》づき、なにか言《い》おうとした。

でもそのまえに大宮《おおみや》まりんさんが私《わたし》にむかって言葉《ことば》を発《はっ》した。

「もしそうだとしたら、それかんちがいだから。ひかりには目標《もくひょう》がある。本人《ほんにん》も選手《せんしゅ》としてがんばらなきゃいけないし、キャプテンとしてチームの成長《せいちょう》も考《かんが》えなきゃいけない。きつい言《い》い方《かた》だけど、ひかりのケガと、日曜日《にちようび》にすてきな男子《だんし》さがしに試合観《しあいみ》に来《き》たり、おみまいに来《き》たりする、あなたの病気《びょうき》とはぜんぜんちがう」

心《こころ》がぱっくりわれる。

はじめて気《き》づいた。

ひかりのケガと私《わたし》の病気《びょうき》とはぜんぜんちがう。

ずっと同《おな》じだと思《おも》って、1人《ひとり》で勝手《かって》にひかりの気持《きも》ち、わかってあげられるって思《おも》いこんでいた。

大宮《おおみや》まりんさんの言《い》うとおりだ。私《わたし》とひかりとはちがう。

なに、かんちがいしていたんだろう。

「まりん！」

ひかりがおこった。

でも、大宮《おおみや》まりんさんの言葉《ことば》がひかりにも意外《いがい》すぎたんだろう。

なにをどうおこっていいかわからず、そこから先《さき》が声《こえ》にならないようだった。

「あたし、まちがってない。あたしは3年生《ねんせい》のころからファイターズに青春《せいしゅん》ささげてるんだから！」

大宮《おおみや》まりんさんは自分《じぶん》は言《い》いすぎだと認《みと》めたくないと口《くち》を真一文字《まいちもんじ》にむすんだ。

ファイターズにすべてをかけているのは彼女《かのじょ》だけじゃない。

ひかりも同《おな》じだ。

この2人《ふたり》は同《おな》じ目標《もくひょう》につきすすんでいる。

だから2人《ふたり》とも日焼《ひや》けしていて。

２人《ふたり》とも健康《けんこう》で。
なんだかこの２人《ふたり》と私《わたし》の間《あいだ》に、シャッターががらがら閉《し》まっていくみたい。
「目標《もくひょう》あるって、スポーツやってるって、そんなにえらいわけ」
ぼそりと口《くち》にするとひかりが「え？」とこっちを見《み》た。
「すごいね、２人《ふたり》とも、立派《りっぱ》だね」
冷《ひ》ややかにそう口《くち》にしてしまった。
なに言《い》ってるんだろう私《わたし》。
こわくてひかりの顔《かお》が見《み》られない。
けど、思《おも》いきって少《すこ》しだけひかりの顔《かお》を見《み》る。
ひかりはベッドの上《うえ》で時間《じかん》が止《と》まったような顔《かお》をしていた。
嫌《きら》われた。
ひかりをはげますために来《き》たのに、私《わたし》、なにやってるの？
未来《みらい》をあげるどころか、すごくいやなことを口《くち》にしちゃっただけじゃない。
だめだ。もう、ここにはいられない。

病室《びょうしつ》をとびだした。

「未来《みらい》！」

ひかりの声《こえ》が聞《き》こえてきたけど、逃《に》げるようにエレベーターに乗《の》りこむ。

心《こころ》のどこかでひかりに追《お》いかけてほしいと思《おも》った。

でも、そうされてもひかりの顔《かお》を見《み》ることができない。

だって、今《いま》、ひかりに会《あ》うと一番《いちばん》いやな自分《じぶん》をつきつけられている気持《きも》ちになりそうだ。

私《わたし》は病室《びょうしつ》から逃《に》げたのでも、ひかりを避《さ》けたのでもない。

またあらわれてしまった、せこくてとげとげした自分《じぶん》から逃《に》げたんだ。

8章《しょう》　なぐさめのビスケット

翌週《よくしゅう》。月曜日《げつようび》の放課後《ほうかご》。

学校帰《がっこうがえ》りの道《みち》は、いつものようににぎわっていた。

授業《じゅぎょう》が終《お》わってさあ帰《かえ》ったらなにをしようかと、みんな解放感《かいほうかん》にあふれ胸《むね》をときめかせているんだ。

私《わたし》だって、つい数日前《すうじつまえ》までは道端《みちばた》の雑草《ざっそう》でさえかがやいて見《み》えていたのに。

今《いま》じゃ、しょせん雑草《ざっそう》は雑草《ざっそう》だよねってひくつな見方《みかた》しかできない。

家《いえ》に帰《かえ》ってなにすればいいんだろう。

なんだかもう、帰《かえ》り道《みち》すらわからなくなりそう。

なんとか家《いえ》に帰《かえ》ると、ダイニングテーブルに「洗濯物《せんたくもの》お願《ねが》い」ってお母《かあ》さんからのメモがあった。

2階《かい》に行《い》き、自分《じぶん》の部屋《へや》にランドセルを置《お》くと、となりの部屋《へや》のベランダから洗濯物《せんたくもの》を取《と》りこんだ。

干《ほ》されていたシーツも取《と》りこむ。

そういえば病院《びょういん》の屋上《おくじょう》にもシーツが干《ほ》されていたっけ。

ひかりと2人《ふたり》でさけんで。楽《たの》しかった。

その楽《たの》しさ、あの子《こ》にこわされたんじゃない。自分《じぶん》でこわしたんだ。

病室《びょうしつ》を逃《に》げだしたときのひかりの顔《かお》が忘《わす》れられない。

今《いま》さらになってある疑問《ぎもん》が頭《あたま》をよぎる。

ひかりって私《わたし》のことどう思《おも》っているんだろう。

一年《ねん》ごしの約束《やくそく》をはたしたこと、あの日《ひ》の花火《はなび》がとてもきれいだったってことで、胸《むね》がいっぱいになっていたけど、ひょっとして、私独《わたしひと》りよがりになってた？

ひかりに未来《みらい》をあげたいって……1人《ひとり》でまいあがっていただけ？

「未来《みらい》！」

え、だれ？

「未来《みらい》！　こっち」

玄関《げんかん》の前《まえ》に静香《しずか》が立《た》っていた。

「どうしたの？」

「未来《みらい》がへんだから遊《あそ》びに来《き》たんだよ」

「ええ？　へん？」

「言《い》っておくけど、未来《みらい》、今日一日《きょういちにち》、ずっとへんだったからね。暗《くら》いっていうかふらふらしてたっていうか。今《いま》だってこの世《よ》の終《お》わりみたいな目《め》つきしてるよ」

あわてて自分《じぶん》の目《め》の近《ちか》くに指《ゆび》を当《あ》てる。

「あはは、自分《じぶん》でさわってる！」

「静香《しずか》、ひどい！」

「未来《みらい》は真面目《まじめ》というか、まっすぐすぎるから。なにかあったなら、頭《あたま》のやわらかい静香《しずか》ちゃんに話《はな》してみなさい」

静香《しずか》が自分《じぶん》の胸《むね》をたたいた。

静香《しずか》のいきなりの訪問《ほうもん》がうれしくて、ここからダイブして抱《だ》きつきたいぐらいだ。

ばりばり。むしゃむしゃ。

「静香《しずか》、私《わたし》のことが心配《しんぱい》なんじゃなくて、ビスケットが食《た》べたくて来《き》たの？」

リビングのソファでさっきから静香《しずか》はお気《き》に入《い》りのビスケットを、ほおばっていた。

「このビスケットがおいしいのもあるけど、頭《あたま》に来《き》て食《た》べてるんだよ。なんだ、あの女《おんな》！ずいぶんひどいこと言《い》ってくれたね。うちがそこにいたら、靴《くつ》ぬいで頭《あたま》たたいてやったのに」

静香《しずか》の話《はな》し方《かた》にくすりと笑《わら》えた。

話《はな》してよかった。こうやってだれかに話《はな》して本気《ほんき》でおこってもらえるって、それだけでも勇気《ゆうき》が出《で》てくる。

「ひかりもなんで未来《みらい》を追《お》いかけないの？恋愛《れんあい》ドラマならそういうとき、未来待《みらいま》て！ってだだだって走《はし》ってきて、ぎゅーってするんだよ！」

静香《しずか》はビスケットで汚《よご》れた手《て》でクッションをぎゅーっと抱《だ》きしめた。

「だって、ギプスだもん」

「……そうだよね」

ひかりはケガをしていなくても追《お》いかけてくれなかったかもしれない。

「でも、一番《いちばん》悪《わる》いのは私《わたし》かも」

「へえ？」

静香《しずか》がビスケットをかじりながら私《わたし》の顔《かお》をのぞきこむ。

「私《わたし》がスカッとした気《き》持《も》ちのいい子《こ》だったら、ああいう展開《てんかい》にならなかった。ひかりは大《おお》宮《みや》まりんさんの態度《たいど》にちゃんとおこってくれたんだよ。なのに、自分《じぶん》から逃《に》げだしたのは、かんたんに説明《せつめい》すると2人《ふたり》に妬《や》いたんだよ」

「2人《ふたり》に妬《や》いた？　どういうこと？」

静香《しずか》はビスケットをかじるのをやめた。

「2人《ふたり》とも目標《もくひょう》があって健康的《けんこうてき》で。自分《じぶん》にはできない生《い》き方《かた》してるって。うらやましくなった」

「未来《みらい》もスポーツやりたいの？」

「そうだね。やりたいのかもね」

「じゃあ、やってみれば」

静香《しずか》と目《め》が合《あ》う。

それは私《わたし》の頭《あたま》の中《なか》にはまったくなかった、思《おも》いもよらない意見《いけん》だった。

自分《じぶん》で自分《じぶん》の目《め》がまるく開《ひら》かれるのがわかる。

「だってさ。未来《みらい》って、うちとちがって、いろいろできそうなタイプじゃん。運動神経《うんどうしんけい》だっていいほうじゃん。なのに、病気《びょうき》で行動制限《こうどうせいげん》してるっていうかさ。今《いま》、調子《ちょうし》いいんでしょ？　いい機会《きかい》じゃん。なにかやったら？」

「でも、また悪《わる》くなるかも」

「そうしたら、ストップすればいいだけだよ。テレビで見《み》たけどすごく重《おも》い病気《びょうき》なのに絵《え》を描《か》いたりマラソンやったりしてる人《ひと》っているんだよ。具合悪《ぐあいわる》くなったらやめて、調子《ちょうし》のいいときに練習《れんしゅう》したり作業進《さぎょうすす》めるんだって。未来《みらい》、その人《ひと》たちにくらべればぜんぜんふつうに生活《せいかつ》できてるし。もっといろんなことしていいんじゃない。……って、どこも悪《わる》くない、なまけもののうちが言《い》っても説得力《せっとくりょく》ないけど」

もっといろんなことしていいんじゃない。

静香《しずか》の言葉《ことば》に頭《あたま》の中《なか》がぱあっと晴《は》れていく。

そうだ。どこかで自分《じぶん》は病気《びょうき》にしばられていたかもしれない。

その不満《ふまん》がこのまえの出来事《できごと》で爆発《ばくはつ》したのかも。

そして、その不満《ふまん》が時々《ときどき》いやな自分《じぶん》を作《つく》ってしまうんだ。

「お稽古事《けいこごと》とかかな」

ぽそりとつぶやくと、静香《しずか》がテーブルの上《うえ》にあるものに目《め》をやった。

お母《かあ》さんが出《で》かける直前《ちょくぜん》まで使《つか》っていたノートパソコン。

私《わたし》も今同《いまおな》じことを考《かんが》えていた。

私《わたし》はそばにひっぱり、ぱかりと開《あ》けた。

静香《しずか》ものぞきこむ。

「静香《しずか》、なんて検索《けんさく》したらいい？」

「小学生《しょうがくせい》・ならいごと、とかかな？」

静香《しずか》の言葉《ことば》にそれだと思《おも》ったんだけど、そのまえにお気《き》に入《い》りの欄《らん》にある「リウマチ情報交換《じょうほうこうかん》」ってサイトに目《め》がいってしまった。

これ一度お母《かあ》さんと見《み》たっけ。

私《わたし》と同《おな》じ病気《びょうき》を持《も》っている子《こ》たちの保護者《ほごしゃ》が情報交換《じょうほうこうかん》する掲示板《けいじばん》。

なんとなく気《き》になりひさびさにのぞいてしまう。

《子《こ》どもに薬《くすり》を飲《の》ませていますがなかなか効《き》きません、お医者《いしゃ》さんをかえたほうがいいでしょうか？　どなたかアドバイスください》

《お医者《いしゃ》さんに膠原病《こうげんびょう》の一《ひと》つでリウマチと言《い》われましたが、うちの子《こ》、14歳《さい》ですよ？》

スクロールしてどんどん読《よ》み続《つづ》ける。

「へえ、こんなのがあるんだ。子《こ》どもが病気《びょうき》になると本人《ほんにん》も大変《たいへん》だけど、お父《とう》さんお母《かあ》さんも不安《ふあん》になったり困《こま》ったりするんだ。それをこの掲示板《けいじばん》ではげましあったり教《おし》えあったりしていて。いやあ、お父《とう》さんお母《かあ》さんって泣《な》けるねえ」

静香《しずか》のしみじみぶりに思《おも》わずふきだしそうになる。

「お医者《いしゃ》さんからのコメントとかもあってこれすごくいい掲示板《けいじばん》なんだけど、お母《かあ》さん、未来《みらい》はしょっちゅう見《み》なくていいからって」

「へえ。あ、こういうの読《よ》ませたくないんじゃない」

静香《しずか》が目《め》ざとく指差《ゆびさ》す。

そこにはこんな質問《しつもん》が書《か》かれていた。

《医療費《いりょうひ》、少《すこ》しでも安《やす》くする方法《ほうほう》ありませんか？　安《やす》くすると治療《ちりょう》がいい加減《かげん》になったりするのですか？》

そっか、そういうことか。

うちのお母《かあ》さん、お金《かね》のこと私《わたし》にぜったいに見《み》せないもんね。

やっぱりこの掲示板《けいじばん》は大人《おとな》の世界《せかい》で私《わたし》が立《た》ち入《い》る場所《ばしょ》じゃないのかも。

すると静香《しずか》がいきなり声《こえ》にして読《よ》みだした。

「13歳《さい》の娘《むすめ》がいます。３年前《ねんまえ》、関節《かんせつ》リウマチと診断《しんだん》されスポーツはあきらめましたが最近《さいきん》はよくなりました。本人《ほんにん》も運動《うんどう》をしたいそうです。なにかおすすめありますか？」

私《わたし》の心《こころ》がはねあがった。

私《わたし》もスポーツやりたい！

「なんて答《こた》えてる？」

「ええと、なになに。基本的《きほんてき》にはなんでもできるそうですよ。うちの娘《むすめ》は中学《ちゅうがく》のときソフトボールをやっていたのですが、途中《とちゅう》で発病《はつびょう》しやめました。高校生《こうこうせい》になったら、元気《げんき》になったのですがソフトボール部《ぶ》にははいりませんでした。本人《ほんにん》いわく、また発症《はっしょう》したときにチームでやるスポーツだと迷惑《めいわく》がかかりそうでこわいと。だから、今《いま》は弓道《きゅうどう》やってます。本人《ほんにん》も楽《たの》しそうです！　だって！　けど、弓道《きゅうどう》？　小学生《しょうがくせい》には無理《むり》だよ」

静香《しずか》が残念《ざんねん》がる。

でもチームでやるスポーツは避《さ》けたって気持《きも》ちわかるな。

バレーもバスケも大好《だいす》きだけど、体育《たいいく》の授業《じゅぎょう》とちがって目標《もくひょう》にした場合《ばあい》、また体調《たいちょう》が悪《あっ》化《か》しても自分《じぶん》がやめればいいだけってスポーツがいい。

スクロールを続《つづ》けると、私《わたし》の頭《あたま》の中《なか》がぱあっと開《ひら》けるような文章《ぶんしょう》が書《か》かれていた。

「これだ！　やってみたい！」

声《こえ》にだすと、静香《しずか》が思《おも》わぬ返事《へんじ》をくれた。

「未来《みらい》、それ、ぴったしのいい場所《ばしょ》ある。うち、知《し》ってる」

「どこに？」

静香《しずか》はホームページを検索《けんさく》し、私《わたし》に見《み》せてくれた。

9章《しょう》 新《あたら》しい自分《じぶん》に出会《であ》う

「今日《きょう》からこのスイミングスクールの中級《ちゅうきゅう》クラスでいっしょに練習《れんしゅう》する前田《まえだ》未来《みらい》ちゃん。6年生《ねんせい》」

安奈先生《あんなせんせい》が私《わたし》の肩《かた》に手《て》を置《お》いた。

水着姿《みずぎすがた》の小学生《しょうがくせい》、10人《にん》ぐらいの視線《しせん》を一度《いちど》に受《う》ける。

え？　中級《ちゅうきゅう》なのに下級生《かきゅうせい》も半分《はんぶん》ぐらいいる。

「前田未来《まえだみらい》です。よろしくお願《ねが》いします」

とまどいながらおじぎをした。

すると、みんなも「よろしくお願《ねが》いします」と頭《あたま》を下《さ》げてくれた。

「それでは準備体操《じゅんびたいそう》から」

安奈先生《あんなせんせい》のかけ声《ごえ》で体操《たいそう》がはじまった。

人生《じんせい》には時《とき》として急展開《きゅうてんかい》がおきる。

それは数年《すうねん》に一度《ど》のこともあれば立《た》て続《つづ》けにおきることもある。

と、なにかの本《ほん》で読《よ》んだことがある。

そう考《かんが》えると、私《わたし》の人生《じんせい》には三度《ど》急展開《きゅうてんかい》がおきた。

病気《びょうき》になったこと。

ひかりに会《あ》えたこと。

そして、水泳《すいえい》をはじめたこと。

今《いま》、私《わたし》はとなり町《まち》のスイミングスクールで水着《みずぎ》を着《き》て体操《たいそう》をしている。

これは1週間前《しゅうかんまえ》からすると想像《そうぞう》もしなかったことだ。

静香《しずか》に相談《そうだん》した日《ひ》、インターネットの掲示板《けいじばん》で自分《じぶん》と同《おな》じ病気《びょうき》の子《こ》が水泳《すいえい》をはじめたって知《し》った。

なんでも、水泳《すいえい》って関節《かんせつ》に負担《ふたん》がかからないから、お医者《いしゃ》さんからしてもおすすめのスポーツなんだって。

できれば温水《おんすい》プールがいいらしい。

すると静香《しずか》が言《い》った。

「となり町《まち》の焼却炉《しょうきゃくろ》。あそこの近《ちか》くに区営《くえい》の温水《おんすい》プールあるけど、もう一《ひと》つスイミングスクールがあってそこも温水《おんすい》なんだよ。たしか、今《いま》、月謝半額《げっしゃはんがく》キャンペーンじゃなかったかな？」

その場《ば》ですぐにホームページを見《み》たら、この安奈先生《あんなせんせい》のプロフィールがあった。

《飯塚安奈《いいづかあんな》。28歳《さい》。タイムをちぢめたいのはもちろん、体《からだ》の弱《よわ》い子《こ》かんげい！》

写真《しゃしん》にうつっている水泳帽《すいえいぼう》をかぶった安奈先生《あんなせんせい》の明《あか》るい表情《ひょうじょう》が、私《わたし》をさそってくれているように見《み》えた。

さらに静香《しずか》のうるさいぐらいのすすめもあって、その日《ひ》の夜《よる》にお母《かあ》さんに相談《そうだん》した。

お母《かあ》さんは、お医者《いしゃ》さんに相談《そうだん》しないと決《き》められないって心配《しんぱい》そうで、だめかなと思《おも》ったんだけど。

たまたま次《つぎ》の日《ひ》が、月《つき》に一度《ど》の通院予定日《つういんよていび》で、お医者《いしゃ》さんに聞《き》いたら意外《いがい》にもすすめてくれた。

いきなりのはげしい練習《れんしゅう》はぜったいにだめだけど、今《いま》は症状《しょうじょう》が安定《あんてい》しているし、少《すこ》しずつスポーツをやることで、体《からだ》が丈夫《じょうぶ》になるのはいいことだって。

そして、運命《うんめい》の昨日《きのう》の夕方《ゆうがた》。

お母《かあ》さんと申《もう》し込《こ》みに来《き》たら、安奈先生《あんなせんせい》がいて応対《おうたい》してくれた。

体《からだ》の弱《よわ》い子《こ》かんげい！　っていうのは、じつは安奈先生《あんなせんせい》も私《わたし》と同《おな》じ膠原病《こうげんびょう》なんだって。

それを聞《き》いた瞬間《しゅんかん》、お母《かあ》さん、やたらとほっとして、「未来《みらい》、先輩《せんぱい》ができてよかったわね」って。私《わたし》もまったく同《おな》じ気持《きも》ちだった。

安奈先生《あんなせんせい》は「みんなには下《した》の名前《なまえ》で呼《よ》ばれてるから、同《おな》じように呼《よ》んで」って笑《わら》ってくれた。

準備体操《じゅんびたいそう》が終《お》わると、ビート板《ばん》でキックの練習《れんしゅう》。

ちらりとプールサイドを見《み》た。

大《おお》きなガラス張《ば》りになっていて、保護者《ほごしゃ》がむこう側《がわ》から見《み》られるようになっているんだけど、お母《かあ》さんが手《て》をふって帰《かえ》っていく。

すると、先生《せんせい》が言《い》った。

「じゃあ、このあたりで。未来《みらい》ちゃんには酷《こく》だけど、新入生《しんにゅうせい》はタイム、計《はか》るんだ」

「は、はい」

そっか、そう説明《せつめい》されたっけ。初級《しょきゅう》ならタイムは関係《かんけい》ないって言《い》われたけど、25メートル泳《およ》げるから中級《ちゅうきゅう》にはいるって決《き》めちゃったんだ。

お母《かあ》さん、帰《かえ》ってくれてよかったかも。

急《きゅう》に緊張《きんちょう》で心臓《しんぞう》がどくどく鳴《な》りだした。

他《ほか》の子《こ》はプールサイドで体育《たいいく》ずわりになり、私《わたし》1人《ひとり》、25メートルプールに残《のこ》された。

スタート体勢《たいせい》をとる。

「スタート」

先生《せんせい》の声《こえ》と同時《どうじ》にクロールをはじめた。

顔《かお》を水《みず》につけ、1・2・3！　で息《いき》つぎ。

一秒《びょう》でも早《はや》くゴールできるように、せいいっぱいの力《ちから》で、うでをまわし足《あし》をキックする。

ちょっと飛《と》ばしすぎたかな。ばててきたよ。と、思《おも》ったらゴールが見《み》えた。

手《て》を壁《かべ》につき、顔《かお》を水《みず》からぷはあっとだす。

安奈先生《あんなせんせい》と目《め》が合《あ》った。

「27秒《びょう》」

「学校《がっこう》の授業《じゅぎょう》では26秒《びょう》でした」

「未来《みらい》ちゃん、負《ま》けず嫌《ぎら》いだね」

先生《せんせい》が苦笑《くしょう》すると、ムキになっていた自分《じぶん》に気《き》づきはずかしくなった。

「やっぱり、この中級《ちゅうきゅう》クラスからでいいね。25メートルは泳《およ》げて基礎《きそ》を学《まな》ぶにはいいクラスだから。タイムにこだわる上級《じょうきゅう》に行《い》きたかったら進級《しんきゅう》テストにチャレンジ。でも、当分《とうぶん》はここでゆっくりやろう」

先生《せんせい》は私《わたし》の体《からだ》を気《き》づかい、あせらせないようにしてくれている。

その気持《きも》ちがすごくうれしかった。

ひかり、すごくいい目標見《もくひょうみ》つかったよ！

思《おも》わず、心《こころ》の中《なか》で言《い》っていた。

けど、はっとする。

……私《わたし》、逃《に》げだしたんだっけ。

ひかり、私《わたし》みたいにとげとげした面倒《めんどう》くさい子《こ》、もういやだよね。

10章《しょう》 嫌《きら》われたわけじゃない？

水泳《すいえい》の練習《れんしゅう》が終《お》わり、家《いえ》に帰《かえ》る。

お母《かあ》さんが夕飯《ゆうはん》を作《つく》って待《ま》っていてくれた。

「よさそうなスイミングスクールね。体《からだ》に負担《ふたん》かからない？」

「ぜんぜん、それどころかすごく楽《たの》しかった」

「よかったじゃない。おなかぺこぺこでしょ」

お母《かあ》さんはロールキャベツを温《あたた》めなおし、お皿《さら》によそってくれた。

私《わたし》は、ごはんを食《た》べながら安奈先生《あんなせんせい》のことや練習《れんしゅう》のことをぜんぶお母《かあ》さんに報告《ほうこく》する。

「安奈先生《あんなせんせい》に今度《こんど》、病気《びょうき》の話《はなし》とか聞《き》いてみようかな」

「いいんじゃない？　あ、そうだ」

お母《かあ》さんが席《せき》を立《た》ちリビングからなにかを手《て》にしてもどってきた。

ロールキャベツをちぎろうとしたはしが止《と》まる。

それって……もしかして!?

「チアガールやってる友《とも》だちだっけ？　また、手紙《てがみ》来《き》てたわよ」

お母《かあ》さんから手紙《てがみ》をわたされた。

茶封筒《ちゃぶうとう》のうらには、大木《おおき》ひかりの名前《なまえ》。

「どうしたの、未来《みらい》。へんな顔《かお》して。その子《こ》とけんかでもしたの？」

「え、そんなことないよ」

あせって、口《くち》の中《なか》のごはんをあわてて飲《の》みこむ。

まえに手紙《てがみ》が来《き》たときにお母《かあ》さんはひかりって名前《なまえ》を女《おんな》の子《こ》だと思《おも》ったみたいで、他《ほか》の学校《がっこう》の子《こ》でチアガールやってるのって適当《てきとう》なこと言《い》っちゃったんだけど。

ひかりからの手紙《てがみ》を読《よ》みたくてたまらない。

けど、こわくて読《よ》めない気持《きも》ちも同《おな》じぐらいある。

だって、もう二度《にど》と会《あ》いたくないとかそういう内容《ないよう》だったら……。

あのときのひかりの顔《かお》が思《おも》いだされる。

ロールキャベツはおいしかったのに、味《あじ》がわからなくなってきた。

「ごちそうさま」

食《た》べ終《お》わり食器《しょっき》を洗《あら》う。

「お母《かあ》さんやるから」

「いいって、お風呂《ふろ》でもはいってよ」

「じゃあ、たのんじゃおうかな」

お母《かあ》さんが笑《わら》いながらお風呂場《ふろば》にむかった。

ひかりからの手紙《てがみ》を読《よ》みたいけど、やっぱりこわくてどうしていいのかわからなくて、なんでもいいから手《て》を動《うご》かしていたかった。

そして、眠《ねむ》るまえ。

ベッドの中《なか》で封《ふう》を開《あ》けることにした。

どうしてベッドの中《なか》かというと、つらい内容《ないよう》だったらすぐに目《め》をつぶって泣《な》いてそのまま眠《ねむ》れるし、いい内容《ないよう》だったらそのままいい夢《ゆめ》が見《み》られそうだから。

スタンドの明《あ》かりの下《した》、封《ふう》を切《き》った。

未来《みらい》へ

二度《ど》もおみまいに来《き》てくれてありがとう。

そして、二度《ど》目《め》はごめん。

ここからさき、ありがとうのほうとごめんのほうと、どっちを書《か》いていくか迷《まよ》ったけど、ありがとうのほうを書《か》くことにする。

未来《みらい》が来《き》てくれて助《たす》かった。

ほんとうに、助《たす》かった。

いろんな人《ひと》がおみまいに来《き》てくれたけど、はじめて本音《ほんね》が言《い》えた。

ふしぎなもので、だれか来《き》てくれると、おれは元気《げんき》だぜ！　ってがんばっちゃうんだ。

さすがにチームのやつらが来《き》てくれたときは、「おれのせいで負《ま》けてごめん」ってあやまった。

そうしたら、みんな、「はやくなおせ」とかやさしいことしか言《い》ってこない。

けど夏《なつ》の間《あいだ》、みんないっしょうけんめい練習《れんしゅう》したんだぜ。

心《こころ》の中《なか》じゃぜったいくやしいはずだ。

でも、みんなそれをかくして明《あか》るい顔《かお》をする。

だからおれも明《あか》るくする。

おれ、ぎゃくに不安《ふあん》になってきてさ。

みんな、おれがいなくても練習《れんしゅう》はするんだとか、たよりないキャプテンとか言《い》われてるかもとか小《ちい》さいこと気《き》にしだした。

そんなとき、未来《みらい》が来《き》てくれて、本当《ほんとう》の気持《きも》ちをはじめて話《はな》すことができた。

きっと未来《みらい》は病気《びょうき》して自分《じぶん》がつらい思《おも》いしてるから、人《ひと》のこともわかるんだな。

2人《ふたり》で屋上《おくじょう》に上《あ》がって、あの日《ひ》すごくらくになった。

もし、あの日《ひ》未来《みらい》が来《き》てくれなかったら、いろんなやつに八《や》つ当《あ》たりするすごいかっこわるいやつになってたと思《おも》う。

絵本《えほん》も読《よ》んだ。

ぶっちゃけ、未来《みらい》がこの本見《ほんみ》せてくれたとき、男子《だんし》が読《よ》む本《ほん》かな？　と思《おも》ったりした。

けど、読《よ》んでみてどうして未来《みらい》がこの本《ほん》が好《す》きかよくわかったよ。


私《わたし》はひかりの手紙《てがみ》をここまで読《よ》むと、胸《むね》がいっぱいになった。

嫌《きら》われてない。

それどころか、持病《じびょう》があることすらよかったことのように思《おも》えてくる。

ひかり、本《ほん》、読《よ》んでくれていたんだね。

私《わたし》は『手《て》ぶくろを買《か》いに』の世界《せかい》を頭《あたま》に浮《う》かべた。

お母《かあ》さんぎつねと子《こ》ぎつね。冬《ふゆ》。２匹《ひき》は森《もり》で、人間《にんげん》に見《み》つからないように暮《く》らしている。

でも子《こ》ぎつねが雪《ゆき》で手《て》を寒《さむ》そうにしているから、お母《かあ》さんは銅貨《どうか》を持《も》たせて『町《まち》で手袋《てぶくろ》を買《か》ってきなさい』と言《い》う。

そのとき、お母《かあ》さんはかたほうの手《て》を人間《にんげん》の子《こ》どもの手《て》にかえる。

『戸《と》のすきまから、人間《にんげん》のほうの手《て》をさしいれて、この手《て》にちょうどいい手袋《てぶくろ》をちょうだいって言《い》うのよ』って。

人間《にんげん》はこわい生《い》き物《もの》で、きつねだとばれるとおりの中《なか》にいれられちゃうからだ。

ふたたび、ひかりからの手紙《てがみ》を読《よ》みだした。
お母《かあ》さんの言《い》いつけをきいた子《こ》ぎつねが町《まち》におりて店《みせ》につく。
ところが、まちがえてきつねの手《て》のほうをだし、「手袋《てぶくろ》をください」と言《い》うところ。心《しん》
臓《ぞう》が止《と》まるかと思《おも》った。
あそこで、おれはこの子《こ》ぎつねは、やばい、殺《ころ》されるって思《おも》った。
だって、教科書《きょうかしょ》にある同《おな》じ作者《さくしゃ》の話《はなし》は、きつねがさいごに、じゅうでうたれるじゃん。
うわーやめてくれってベッドの上《うえ》で声《こえ》をあげそうになった。
けど、この話《はなし》はちがった。
なんと、店《みせ》のじいさんはきつねだってわかったのに、手《て》ぶくろをわたし、お金《かね》をうけと
る。つまり、客《きゃく》としてあつかったんだ。
子《こ》ぎつねは山《やま》に帰《かえ》り、お母《かあ》さんに「人間《にんげん》はこわくなかったよ」って言《い》う。
お母《かあ》さんは「ほんとうに人間《にんげん》はいいものかしら」と、つぶやいてこの本《ほん》はおわる。
未来《みらい》、いい本《ほん》をありがとう。

おもしろかった。

どんなことにも、いいところと悪《わる》いところがある。

おれの骨折《こっせつ》だって、元気《げんき》なだけのこのおれが、元気《げんき》じゃないおれを経験《けいけん》できた。

うまく言《い》えないけど、けっこうきちょうな時間《じかん》だよな。

でもさ、同時《どうじ》におれはおまえが心配《しんぱい》になってきたよ。

おまえ、病気《びょうき》で不安《ふあん》になるたびにこの本《ほん》を読《よ》んで「きっとよくなる」って自分《じぶん》に言《い》い聞《き》かせてないか？

この本《ほん》、かなりなんどもページめくっているよな。

気《き》やすい言《い》いかたかもしれないけど、あんまりおびえるなよ。

おれもいるし。なあんちゃって。

そうだ。おまえが今度《こんど》、こわくなったら、またいっしょにさけぼう。

ついしん
今回《こんかい》の手紙《てがみ》はすごく気合《きあ》いいれて書《か》いた。

なんども書《か》いては書《か》きなおした。おれの力作《りきさく》です。

未来《みらい》にいやなおもいさせちゃったし。

ひかりより

目頭《めがしら》が熱《あつ》くなった。
それはひかりにしてはとても長《なが》い手紙《てがみ》で、文面《ぶんめん》どおりの力作《りきさく》だった。
なんども書《か》き直《なお》さないと、こうはならないといった文章《ぶんしょう》だった。
しかもそれだけじゃない。
ひかりのなに一《ひと》つ、いつわりのない正直《しょうじき》な気持《きも》ちがぎゅっとつまっている。
どうして、ひかりはいつも私《わたし》に力《ちから》をあたえてくれるんだろう。
希望《きぼう》の光《ひかり》を見《み》いださせてくれるんだろう。
私《わたし》がはげまさなきゃいけないのに、逆《ぎゃく》でどうするのよ。
たまらなく愛《いと》おしい。
そのまいい夢《ゆめ》を見《み》る予定《よてい》だったけど、興奮《こうふん》して眠《ねむ》れない。

飛《と》び起《お》きて机《つくえ》にむかい、ペンをとった。

ひかりへ

お手紙《てがみ》ありがとう。

花火《はなび》を見《み》に行《い》った帰《かえ》り、ひかりに未来《みらい》をあげるとか、かっこいいこと言《い》ったくせに、けっきょく、また、私《わたし》がひかりからあたたかいものを受《う》けとってしまいました。

はっきり言《い》っちゃいます。

私《わたし》はあの日《ひ》、傷《きず》つきました。

ひかりのケガと私《わたし》の病気《びょうき》とはちがうと気《き》づき、心《こころ》がぱっくりわれました。

しかも、そのあとに余計《よけい》なことを口《くち》にしてさらに自分《じぶん》を傷《きず》つけ、ひかりをいやな気持《きも》ちにさせてしまいました。ごめんね。

でも、親友《しんゆう》の静香《しずか》（いっしょに試合観《しあいみ》に行《い》ったんだよ）になぐさめられ、立《た》ち直《なお》りました。こんなにすてきな友《とも》だちはいません。

まあ、本当《ほんとう》は、2人《ふたり》でひかりのことをブーブー言《い》ったりもしたかな（笑《わらい》）

でも、そんなこんなで、結果《けっか》、二《ふた》ついいことがありました。

まず一《ひと》つはこんなすてきなお手紙《てがみ》がもらえたこと。

もう一《ひと》つは、なんと！　スイミングスクールに通《かよ》うことにしたの。

となり町《まち》に温水《おんすい》プールがあって、そこのスイミングスクールで練習《れんしゅう》するんだ。

美人《びじん》でやさしい先生《せんせい》が指導《しどう》してくれるの。

安奈先生《あんなせんせい》っていうんだけど、私《わたし》と同《おな》じ病気《びょうき》で今《いま》でも通院《つういん》しているんだって。

自分《じぶん》と同《おな》じ病気《びょうき》でスポーツやってる大人《おとな》の人《ひと》って、今《いま》まで会《あ》ったことなかったからすごくはげみになる。

じつはね。

すごくはずかしいけど、私《わたし》、あの日《ひ》、ひかりのことちょっとうらやましくなったの。

スポーツっていう目標《もくひょう》があることに。

だから、はじめたってとこもある。

あ、やっぱり、ちょっとちがう。

ええとね、ひかりがうらやましいっていうより、ひかりに近《ちか》づきたいとか同《おな》じ気持《きも》ちを味《あじ》わいたいとか、そっちのほう。

本《ほん》、読《よ》んでくれてありがとう。

ひかりの推理《すいり》どんぴしゃです。

私《わたし》は、気持《きも》ちがゆれるとあの本《ほん》を読《よ》んで自分《じぶん》をなぐさめています。

私《わたし》はね、あのきつねは人間《にんげん》をうたがわないから、ああいういいラストになったんだって考《かんが》えてる。

病気《びょうき》すると、くだらない小《ちい》さなことをうたがったり、とげとげしたりする。

でも、本当《ほんとう》はそういうのまったくなしにして、あのきつねみたいになにもうたがわないでいたい。

サッカーできない期間《きかん》はつらいだろうけど、サッカーの大切《たいせつ》さがわかるかもよ。

退院《たいいん》の日《ひ》、決《き》まったら教《おし》えてね。

未来《みらい》より

今《いま》、一瞬《いっしゅん》、すごくへんなことを書《か》きそうになった。
サッカーできない期間《きかん》はつらいだろうけど、私《わたし》のことでも考《かんが》えていてって。
さすがにそんなことは書《か》けないやってあわてて書《か》き直《なお》した。
便箋《びんせん》を封筒《ふうとう》に入《い》れる。
よかった。本当《ほんとう》によかった。ひかり、大好《だいす》き！
ふたたびベッドにもぐった。
いい夢見《ゆめみ》るんだ。

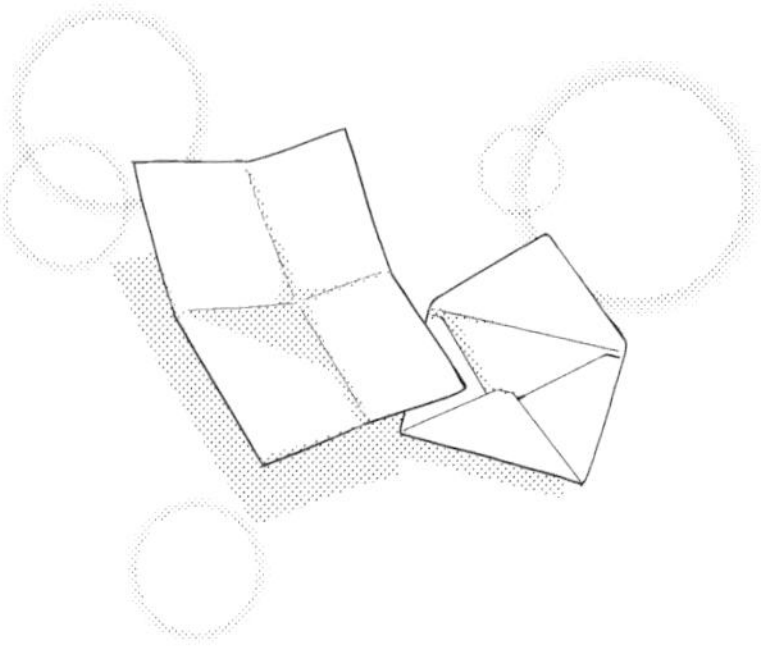

11章《しょう》 一生懸命《いっしょうけんめい》、好《す》きってだけ

翌朝《よくあさ》。

学校《がっこう》にむかう途中《とちゅう》、ポストにひかりへの手紙《てがみ》を投函《とうかん》した。

あっという間《ま》にひかりのもとへ届《とど》きますように。

郵便局員《ゆうびんきょくいん》さんお願《ねが》いします。

あ！　よく考《かんが》えたらひかりって入院中《にゅういんちゅう》だよね。

じゃあ、返事《へんじ》だしても意味《いみ》ないのかな？

家《いえ》に届《とど》けば家族《かぞく》のだれかが病院《びょういん》に届《とど》けるんじゃないかな？

それとも女《おんな》の子《こ》からの手紙《てがみ》だからひやかされちゃうかな。

でも、大宮《おおみや》まりんさんとだってすごく仲《なか》よさそうだし。

その瞬間《しゅんかん》、はっとした。

さっきまですごく前《まえ》むきで明《あか》るい気持《きも》ちだったのに、大宮《おおみや》さんのことを思《おも》いだしたら、急《きゅう》にもやもやしてきたんだけど。

「ポストの前《まえ》でなに1人《ひとり》の世界《せかい》やってるの？」

ふりむくと静香《しずか》が立《た》っていた。

「静香《しずか》、おはよう。い、いつからそこにいたのよ。声《こえ》かけてよ！」

ごまかすようにあいさつをする。

「う〜ん？」

静香《しずか》が私《わたし》の前《まえ》にささっとまわりこみ、眉間《みけん》にしわをよせた。

そして、次《つぎ》にポストに目《め》をやる。

静香《しずか》は私《わたし》の顔《かお》とポストを交互《こうご》に見《み》て、さいごに大《おお》きな声《こえ》をだした。

「ひかりに手紙《てがみ》だしたでしょ！」

「声《こえ》が大《おお》きい」

静香《しずか》の口《くち》に手《て》をあてた。

そして、耳元《みみもと》で小《ちい》さく言《い》った。

「ひかりからの手紙《てがみ》もらったの」

「え〜！　どんな手紙《てがみ》？　マネージャーがひどいこと言《い》ってごめん！　しかっておく！とか」

私《わたし》は首《くび》を横《よこ》にふった。

「それはない。ひかりは、仲間《なかま》の悪口書《わるぐちか》かない、ううん、書《か》けない子《こ》なんだよ」

「ええ！　悪口《わるぐち》書《か》かれてないの？　しかも、未来《みらい》、それをほめてるの？　うちとしてはその女《おんな》のことめちゃくちゃにわるく書《か》いてほしい！　そうじゃないとすっきりしない！　まあ、うちがすっきりする問題《もんだい》じゃないかもしれないけどさ」

「本当《ほんとう》は私《わたし》もそういう気持《きも》ちちょっとあったよ。でもそんなことより、もっと深《ふか》いこと書《か》いてあったからどうでもよくなっちゃった」

「うわあ、究極《きゅうきょく》ののろけでた〜！　いっしょにおこったうちはなんなの〜！　それで、返《へん》事《じ》なんて書《か》いたの？」

静香《しずか》がにやにや、ひじでつついてきた。

「静香《しずか》のことも書《か》いたから」

「ええ？」

「静香《しずか》がひかりの悪口《わるぐち》いっぱい言《い》ってくれたから、私《わたし》は立《た》ち直《なお》れましたみたいなこと書《か》いちゃった」

いたずらっぽく口《くち》にする。

「うち、わるもんじゃん！　もっとかわいく書《か》いてよ！」

「すごくかわいく書《か》いたよ。こんなにすてきな友《とも》だちはいないって」

「ウソだあ！　ネタに使《つか》われてる気《き》がする〜」

いつものようにじゃれあいながら登校《とうこう》した。

ひかり、ぜったいに返事《へんじ》ちょうだい！


放課後《ほうかご》、スイミングスクールじゃなくて、区《く》で運営《うんえい》している温水《おんすい》プールのほうで個人練《こじんれん》習《しゅう》をすることにした。

やっぱり、上級《じょうきゅう》にあがりたい。

来月《らいげつ》、最初《さいしょ》の日曜日《にちようび》に進級《しんきゅう》テストがあるらしいので結果《けっか》をだしたい。

目標《もくひょう》を作《つく》って達成感《たっせいかん》を味《あじ》わいたいのはもちろんだけど、中級《ちゅうきゅう》クラスは、下級生《かきゅうせい》がいていづらい。ちょっぴり、プライドが傷《きず》つくよ。

水着《みずぎ》に着《き》がえ、プールサイドで入念《にゅうねん》にストレッチと準備体操《じゅんびたいそう》をする。

安奈先生《あんなせんせい》は準備体操《じゅんびたいそう》にすごくうるさかったから。

平日《へいじつ》ということで人《ひと》は少《すく》なかった。

来《き》て、大正解《だいせいかい》！　たくさん泳《およ》げそう。

水《みず》にはいり、ゴーグルをかけると、はじめはならしでゆっくり泳《およ》ぐ。

水《みず》をかく音《おと》だけが聞《き》こえる。気持《きも》ちいい。

ならしが終《お》わったので、次《つぎ》からは本格的《ほんかくてき》に25メートルプールを往復《おうふく》！

いくぞ、GO《ゴー》！

夢中《むちゅう》で泳《およ》ぐ。

進級《しんきゅう》テストに通《とお》るには4秒《びょう》ちぢめないといけない。

今度《こんど》ひかりに会《あ》うときは、進級《しんきゅう》テスト、通《とお》ったのって報告《ほうこく》したい。

基礎《きそ》は終《お》わって、これからはバリバリタイムちぢめるのって。

私《わたし》、本当《ほんとう》はスポーツ好《ず》きなんだから。目標達成《もくひょうたっせい》とかできるんだから。

明《あか》るくて健康的《けんこうてき》なんだから。

大宮《おおみや》まりんさんとかわらないんだから。

息《いき》つぎをしながら、あっと思《おも》った。

雑念禁止《ざつねんきんし》！

壁《かべ》に手《て》がついた。よし、もう1本《ぽん》。

3本《ぼん》、4本《ほん》と泳《およ》ぎ、一度《ど》プールの底《そこ》に足《あし》をつかせたとき。

「未来《みらい》ちゃん！」

水着姿《みずぎすがた》でかがんでいる人《ひと》と目《め》が合《あ》った。

「安奈先生《あんなせんせい》、どうしてここに」

先生《せんせい》はここの温水《おんすい》プールではなくスイミングスクールのほうを指差《ゆびさ》す。

「あっちは今日《きょう》はお休《やす》み。ふふ、未来《みらい》ちゃん、自主練習《じしゅれんしゅう》、がんばってるね。でも、無理《むり》は禁物《きんもつ》だよ」

「はい。あとは軽《かる》く手《て》の動《うご》きを確認《かくにん》して終了《しゅうりょう》です」

「私《わたし》もこれから自分《じぶん》のための練習《れんしゅう》。となりのコースで泳《およ》がせてもらいます」

先生《せんせい》はそう言《い》って、となりのコースの飛《と》びこみ台《だい》に乗《の》り、ジャポン！　といるかみたいに飛《と》びこんだ。

かっこいい！　先生《せんせい》のクロールはすいすいと進《すす》んでいき見《み》ているだけで気持《きも》ちがよかった。

自主練習《じしゅれんしゅう》を終《お》え着《き》がえると、受付近《うけつけちか》くの自動販売機《じどうはんばいき》で安奈先生《あんなせんせい》が手《て》をふってくれた。

「おごってあげる。なにがいい？」

「え、いいんですか？　じゃあ、ミルクティーお願《ねが》いします」

先生《せんせい》は「了解《りょうかい》」とにっこり笑《わら》い、私《わたし》の飲《の》み物《もの》と自分《じぶん》のホットコーヒーを買《か》う。

ベンチにとなりどうしに座《すわ》った。

先生《せんせい》の横顔《よこがお》は小《ちい》さくてショートヘアがすごくよく似合《にあ》っている。

でも、水泳帽《すいえいぼう》があるとないとではやっぱり雰囲気《ふんいき》がちがう。

ないほうが女性《じょせい》らしさがでる。

「なあに、私《わたし》の顔《かお》になにかついてる？」

「いえ、そういうんじゃ」

はずかしくなり笑《わら》ってごまかした。

「水泳楽《すいえいたの》しい？」

「はい、すごく」

「お医者《いしゃ》さんには通《かよ》ってる？」

「月《つき》に一度《ど》はかならず学校休《がっこうやす》んで行《い》きます。お母《かあ》さんもいっしょじゃないといけないから。お母《かあ》さん、仕事《しごと》もあるし大変《たいへん》だなって。うち、お父《とう》さんいないし」

なんだか急《きゅう》にうなだれてしまった。

こうやって話《はな》すと、私《わたし》ってけっこう暗《くら》いもの背負《せお》ってるよね。

すると、安奈先生《あんなせんせい》が自分《じぶん》の胸《むね》の前《まえ》で車《くるま》のワイパーのように手《て》をふる。

「ああ、だめ、それ」

「え？」

「未来《みらい》ちゃん、自分《じぶん》が病気《びょうき》でお母《かあ》さん大変《たいへん》、私《わたし》のせいで苦労《くろう》しているとか思《おも》ってるでしょ」

「はい」

「小学生《しょうがくせい》はそんなこと考《かんが》えちゃだめ。お母《かあ》さん、私《わたし》が病気《びょうき》だから、いっしょにいられる時間《じかん》がふえるね、ぐらいでいいの」

私《わたし》は口《くち》をあんぐり開《あ》けた。

「どうしたの？」

「いえ、そんな考《かんが》え今《いま》までまったくなかったから」

「じゃあ、今《いま》からそう考《かんが》えようよ」

先生《せんせい》はにっこり笑《わら》った。

「はい」

心《こころ》の中《なか》のきりが一気《いっき》に晴《は》れていく。

安奈先生《あんなせんせい》って、すごい。なんだか魔法《まほう》つかいみたい。

その明《あか》るくやさしい雰囲気《ふんいき》にぽろりと本音《ほんね》がでてしまった。

「安奈先生《あんなせんせい》って、今《いま》までに、自分《じぶん》にはできないことをしている健康《けんこう》な女《おんな》の子《こ》をうらやましいって思《おも》ったことあります？　もっと言《い》っちゃうと、嫉妬《しっと》とか……」

舌《した》がざらりとして砂《すな》をかんだような感覚《かんかく》におそわれた。

嫉妬《しっと》ってものすごく苦《にが》い言葉《ことば》だ。

そこに気《き》づくと急《きゅう》になんて質問《しつもん》をしてしまったんだろうと後悔《こうかい》した。

こんなこといきなり聞《き》かれても先生《せんせい》だって困《こま》るよ。

ところが……。

「ああ、あるよ！　いっぱいある！」

先生《せんせい》があっけらかんと答《こた》えてくれた。

あまりのあけっぴろげさに自分《じぶん》の口《くち》と目《め》がまるくなるのがわかった。

「私《わたし》はさ、中学生《ちゅうがくせい》のときに関節《かんせつ》リウマチになったの。でもだましだまし水泳《すいえい》続《つづ》けて、途中《とちゅう》で心臓《しんぞう》も悪《わる》くなったりしてね」

聞《き》いたことがある。

悪《わる》いところがふえていくことがあるって。

私《わたし》はぎゅっとこぶしをにぎる。

「未来《みらい》ちゃん、こわがらないで。今《いま》は治療方法《ちりょうほうほう》も進化《しんか》してるから」

先生《せんせい》がすぐにやさしいことばをかけてくれたので、はいと答《こた》えた。

「やっぱり、そういうのなければ選手《せんしゅ》としてもっといけたかなあって。同《おな》い年《どし》の選手《せんしゅ》をうらやんだりもしたよ。健康体《けんこうたい》でもたいした選手《せんしゅ》にならなかったかもしれないのにね」

先生《せんせい》は明《あか》るく話《はな》してくれた。

いやな質問《しつもん》なのにこんなにさばさば答《こた》えてくれるとは思《おも》わなかった。

だからすかさず聞《き》いてしまった。

「そういうとき、もやもやしませんか。あの……明《あか》るくて健康《けんこう》で、私《わたし》がしたいのにできないことをぜんぶやっちゃう女《おんな》の子《こ》に出会《であ》って。その子《こ》はちっとも悪《わる》くないんです。ただ一生懸命《いっしょうけんめい》ってだけで。けど、私《わたし》、その子《こ》のこと思《おも》いだすたびにもやもやしちゃって。その子《こ》がどうのこうのより、1人《ひとり》で勝手《かって》にもやもやしているのがいやなんです」

私《わたし》ができないのにその子《こ》ができること。

それはひかりのそばにいつもいられること。

サッカー選手《せんしゅ》としてのひかりをささえられること。

「一生懸命《いっしょうけんめい》なんだよ、みんな」

「は？」

安奈先生《あんなせんせい》のあまりにも想定外《そうていがい》の言葉《ことば》におどろくしかできない。

「未来《みらい》ちゃん、一生懸命《いっしょうけんめい》生《い》きてるんだよ。だから、心《こころ》がもやもやしたり、自分《じぶん》じゃどうしようもならない気持《きも》ちになったりするんだよ。いいかげんな、なにも考《かんが》えてない子《こ》ならそんな気持《きも》ちにすらならない」

心《こころ》がすっと軽《かる》くなった。

そっか、私《わたし》一生懸命《いっしょうけんめい》なんだ。

一生懸命《いっしょうけんめい》、ひかりのことが好《す》きなんだ。

ただ、それだけなんだ。

なんで、そんな単純《たんじゅん》なことに気《き》がつかなかったんだろう。

しかも、それは私《わたし》だけじゃない。

ひかりも一生懸命《いっしょうけんめい》サッカーをやっているんだ。

だから、ケガで練習《れんしゅう》ができないともやもやしたり、うわああってさけびたくなるんだ。

ひかりに教《おし》えてあげたい。安奈先生《あんなせんせい》の言葉《ことば》。

そして、ひかりのことが一生懸命《いっしょうけんめい》好《す》きって今《いま》のこの気持《きも》ちを大切《たいせつ》にしたい。

「あれ、ちょっと元気《げんき》でた？」

先生《せんせい》が顔《かお》をのぞきこんでくる。

「先生《せんせい》、ありがとうございます。水泳《すいえい》もいいけど、先生《せんせい》に会《あ》えてよかった」

「私《わたし》も未来《みらい》ちゃんに会《あ》えてよかったよ」

手《て》をふってロビーをでた。

バスに乗《の》って帰《かえ》る予定《よてい》だけど歩《ある》こうかな。

体調《たいちょう》もいいし、ここから歩《ある》いて帰《かえ》るとちょうどいい運動《うんどう》になりそう。

ひかりに会《あ》うときのためにパスモをあまり使《つか》いたくない。

ひかり、一生懸命《いっしょうけんめい》、生《い》きていこうね。

12章《しょう》 まだ会《あ》えない

未来《みらい》へ

返事《へんじ》ありがとう。わかった！　退院《たいいん》の日《ひ》決《き》まったら、おしえる。

水泳《すいえい》はじめたんだ！　おれは50メートル泳《およ》げるぞ。

けっこうはやいし、そのうち勝負《しょうぶ》しようぜ！

けど、なんだ？

未来《みらい》と、一度《ど》も会《あ》ったことないそのすてきなお友《とも》だちに、おれはいろいろ言《い》われてるのか？　こええな（笑《わらい》）

でも、女子《じょし》ってそういう男子《だんし》にはないパワーがあるよな。

おれ、一学期《がっき》、植物係《しょくぶつがかり》でさ、あさがおに水《みず》あげるのわすれて、かれかかったんだよ。

クラスの女子《じょし》がおれにはまかせられないってグループつくって、そいつら植物係《しょくぶつがかり》じゃないのに、ぜんぶしきりだしたんだよ。

こいつら、すげえなって思《おも》った。

でも、こうやって書《か》いてみるとおれがぜんぶ悪《わる》いな。

そのグループに大宮《おおみや》まりんもいた。

そうだ、母《かあ》さんが勉強《べんきょう》のおくれを気《き》にしだした。

ふだん、勉強《べんきょう》とかあまり言《い》わないんだけど、急《きゅう》にじゅくのパンフレットとか持《も》ってきた。

思《おも》わず、おれには未来《みらい》のノートがあるからって言《い》おうとしたけど、やっぱ言《い》えなかった。

水泳《すいえい》でいそがしいか？

また、持《も》ってきてくれるとたすかるけど。

まえの手紙《てがみ》は妹《いもうと》にださせたんだ。

サッカー友《とも》だちへのたいせつな手紙《てがみ》だからって。

未来《みらい》からの手紙《てがみ》を家《いえ》から持《も》ってきてくれたのも妹《いもうと》なんだけど、ごちゃごちゃ聞《き》いてくるんだよ。

くちどめに、すみっこちゃんってはやってるだろ。退院《たいいん》したらあのシャーペン買《か》ってやることにした。

本《ほん》はまだ持《も》っててていいか？　なんとなく持《も》っていたいんだ。

あ、水泳《すいえい》、あんまりむりしてもだめだぞ。

ひかりより

気《き》がついたら十回以上《じゅっかいいじょう》読《よ》みかえしていた。

ひかりの息吹《いぶき》を感《かん》じる。ひかりがすぐ近《ちか》くに目《め》の前《まえ》にいるみたい。

それにしても返事《へんじ》、早《はや》い。

木曜《もくよう》の朝《あさ》にだして月曜日《げつようび》、学校《がっこう》の帰《かえ》りにポストにはいっていたなんて。

早《はや》い！　キセキみたい！

すごくうれしい。

ひかりったら勝負《しょうぶ》しようって、私《わたし》、女《おんな》の子《こ》なんだけど。

くすりと1人《ひとり》で笑《わら》ってしまう。

朝顔《あさがお》の水《みず》やりを忘《わす》れるのもひかりらしい。

でも、枯《か》れたらまわりもおこっちゃうよね。

きっとひかりって、クラスではやんちゃ系《けい》なんだろうね。でも、チームではたよられていて。

そのギャップ、すごく想像《そうぞう》がつく。

ノートあると助《たす》かるんだ。持《も》ってきてくれって。それはつまり会《あ》いたいってこと？

胸《むね》がどきんと鳴《な》った。

体中《からだじゅう》がかっと熱《あつ》くなる。

こら、未来《みらい》！　ちょっといい気《き》になってるよ。うぬぼれ厳禁《げんきん》！

コツンと頭《あたま》をたたいた。

もう一度《いちど》手紙《てがみ》に目《め》をやる。

大宮《おおみや》まりんもいた……か。

しかも、同《おな》じクラスなんだ。

ひかり、どうして大宮《おおみや》さんの名前《なまえ》書《か》いちゃうの？　私《わたし》が静香《しずか》のこと書《か》いたから？　共通《きょうつう》の知《し》り合《あ》いだから？　ひかりのことだからあんまり意味《いみ》もなく書《か》いたんだろうけど、こっちからすればすごく大《おお》きな意味《いみ》になっちゃうんだよ。

この手紙《てがみ》でせっかく病院《びょういん》に行《い》く勇気《ゆうき》がでてきたのに、また行《い》けなくなっちゃったじゃん！　そういう微妙《びみょう》なことわかってよね。

「ばか」

1人《ひとり》、机《つくえ》の前《まえ》でそれだけ声《こえ》にしてみた。

ひかりへ

手紙《てがみ》ありがとう。

私《わたし》は10月《がつ》はじめの日曜日《にちようび》に水泳《すいえい》の進級《しんきゅう》テストです。

ちょうせんするのはまだ早《はや》いけど、思《おも》いきってちょうせんしてみようと思《おも》う。

だって、私《わたし》がいるのは中級《ちゅうきゅう》クラスなのに下級生《かきゅうせい》いるんだもん！

びっくり！　ちょっと、抵抗《ていこう》ある。

スイミングスクールって、体育《たいいく》の授業《じゅぎょう》とはちがって、キックのリズム、手《て》のS字《エスじ》をかくような動《うご》き、息《いき》つぎのタイミングとか知《し》らないことばかりでびっくり。

筋力《きんりょく》があれば速《はや》くなるってわけでもなさそう。

サッカーも体力《たいりょく》があればいいってわけじゃなく、正《ただ》しいフォームとかあるんだろうね。

ひかり、サッカーできないぶんパワーがありあまってない？

まえの手紙《てがみ》といい、すごくそれを感《かん》じる。

そうだ。

いいこと教《おし》えてあげる。

さけびたくなるのはひかりがそれだけ一生懸命《いっしょうけんめい》サッカーをやっている、しょうこです。

いいかげんな気持《きも》ちでサッカーやっていたらそんな気持《きも》ちになることすらありません。

えらそうに書《か》いてごめんね。

じつは、これ、安奈先生《あんなせんせい》の言葉《ことば》です。

でも、これってちょっとした魔法《まほう》の言葉《ことば》だよ。

つらくなったらおれは一生懸命《いっしょうけんめい》なんだってつぶやいてみて！

未来《みらい》より

ペンを置《お》いた。

安奈先生《あんなせんせい》の言葉《ことば》、本当《ほんとう》は会《あ》って、ひかりの顔《かお》を見《み》て話《はな》したかった。

でも、手紙《てがみ》でいいや。

だって、ひかりが悪《わる》いもん。

大宮《おおみや》さんのことなんて書《か》くから。

進級《しんきゅう》テストに受《う》かるまで、自信《じしん》をつけるまで病院《びょういん》には行《い》かない。

病院《びょういん》に行《い》ったら大宮《おおみや》まりんさんがまたいるかもしれない。

自分《じぶん》の中《なか》でゆらゆらしない、しっかりしたものを作《つく》らないかぎり、大宮《おおみや》まりんさんには会《あ》えない。

それまではひかりとは手紙《てがみ》のやりとりにしよう。

まあ、ひかりが次《つぎ》の手紙《てがみ》に「未来《みらい》に会《あ》いたくてたまらない。会《あ》えないと泣《な》いちゃう」とか書《か》いてきたら、おみまいに行《い》ってあげてもいいけどね。

封筒《ふうとう》にいれ切手《きって》をはった。

明日《あした》の朝《あさ》、学校《がっこう》に行《い》くときまで待《ま》てない。

心《こころ》の中《なか》でひかりにちょっといばってみたけど、少《すこ》しでも早《はや》く返事《へんじ》がほしいと家《いえ》をでる。

ポストに「あっという間《ま》につきますように」と祈《いの》りをこめて投函《とうかん》した。

13章《しょう》 素直《すなお》な私《わたし》で

ひかりからの返事《へんじ》はまたすぐに届《とど》くだろう。
きっと、進級《しんきゅう》テストがんばれよって書《か》いてくれるだろう。
ひょっとしたら、また遠《とお》まわしにノートあると助《たす》かるみたいな内容《ないよう》もあるだろう。
そうしたら、進級《しんきゅう》テストのまえでもおみまいに行《い》ってあげてもいいかな。
なんて1人《ひとり》で勝手《かって》に予想《よそう》していた。
大《おお》きなかんちがいだった。
進級《しんきゅう》テストがんばれどころか、投函《とうかん》した日《ひ》から10日《か》もたっているのに返事《へんじ》が来《こ》ない。
どうしたんだろう、ひかり。
急《きゅう》に症状《しょうじょう》が悪化《あっか》したとか？
でも、病気《びょうき》じゃないもんね。骨折《こっせつ》だもん。

悪化《あっか》はしないと思《おも》うけど。

手紙《てがみ》を書《か》くのがめんどうになった。いや、それもないと思《おも》う。

ぱっと大宮《おおみや》まりんさんの顔《かお》が浮《う》かんだ。

首《くび》を横《よこ》にふる。

やだ。いままではひかりとうまく連絡《れんらく》が取《と》り合《あ》えないときがあっても、ひかりの顔《かお》しか浮《う》かばなかったのに。

ひかりと私《わたし》のことなのに、どうして他《ほか》の人《ひと》の顔《かお》が浮《う》かんでくるの？

「未来《みらい》、ほうきにぎったままなにボーッとしてるの？」

静香《しずか》に肩《かた》をたたかれはっとした。

「ううん、別《べつ》に。そうじしなきゃね」

ほうきで校長室《こうちょうしつ》、職員室前《しょくいんしつまえ》の廊下《ろうか》をはく。

今日《きょう》と明日《あした》は、教室《きょうしつ》じゃなくて、静香《しずか》と2人《ふたり》でここをそうじする当番《とうばん》なんだ。

「未来《みらい》〜。ちゃんと文通《ぶんつう》してる？」

静香《しずか》がぞうきんを指先《ゆびさき》でふりまわす。

「静香《しずか》、ぞうきんは遊《あそ》ぶものじゃなくてふくためにあるんだよ」

「あやしい！　話《はなし》そらした！」

もう。へんなところ、するどいんだから。

「とにかく、そうじ！」

床《ゆか》をせっせとはいた。

けど静香《しずか》の視線《しせん》を感《かん》じ、顔《かお》を上《あ》げた。

じとっとこわい目《め》の静香《しずか》と目《め》が合《あ》う。

「わかった。正直《しょうじき》に話《はな》す。急《きゅう》に手紙《てがみ》が来《こ》なくなったの」

「まじ？　あれじゃない、すっころんで、別《べつ》の足《あし》もおって痛《いた》くてたまらないとか」

「静香《しずか》じゃないんだから」

思《おも》わずあきれてしまった。

「あのね！　わざとそう言《い》ってあげたの！　いい未来《みらい》？　この場合《ばあい》、一番可能性《いちばんかのうせい》が高《たか》いのはあのマネージャーだよ」

胸《むね》になにかがささった。

「ほら。未来《みらい》だって、そこ気《き》にしてるんでしょ？　しっかり見張《みは》ってないととられちゃうよ」

「とられちゃうって、ひかりはものじゃないよ。人間《にんげん》だよ」

「そういう意味《いみ》じゃなくて」

2人《ふたり》で言《い》い合《あ》いになってしまうと、副校長先生《ふくこうちょうせんせい》が偶然《ぐうぜん》とおりかかった。

「こら、ちゃんとやりなさい」

「はあい」

私《わたし》と静香《しずか》はそれぞれの作業《さぎょう》にもどった。

先生《せんせい》は通《とお》りすぎていく。

「ごめん、静香《しずか》。心配《しんぱい》してくれたのに」

「うちもちょっとエキサイトしすぎた。けどさ、未来《みらい》。気《き》にしているならおみまい行《い》っちゃいなよ」

「え？」

「じゃないと、未来《みらい》、ひかりのことが心配《しんぱい》でまたうちに当《あ》たるっていうか、けんかになりそうだよ」

静香《しずか》が笑《わら》った。

静香《しずか》の言《い》うとおりだ。

進級《しんきゅう》テストに合格《ごうかく》してから行《い》こうと思《おも》っていたけど、へんな意地《いじ》を張《は》るのはやめて、素《す》直《なお》に会《あ》いに行《い》こう。


土曜日《どようび》の午後《ごご》。

私《わたし》はひかりに会《あ》いに行《い》こうと電車《でんしゃ》に乗《の》った。

病室《びょうしつ》にはまた大宮《おおみや》まりんさんがいるかもしれない。

でも、もうそんなことはどうでもいい。

ただ、ひかりに会《あ》いたい。

電車《でんしゃ》のドアが開《ひら》き、かけおりた。

駅《えき》の外《そと》は青《あお》い空《そら》が広《ひろ》がっている。

病院《びょういん》にはいるとエレベーターに乗《の》り、5階《かい》につく。

ドアが開《ひら》いた瞬間《しゅんかん》、小走《こばし》りでひかりの病室《びょうしつ》にむかった。

ひと呼吸《こきゅう》し、戸《と》をひいた。

ひかり！　心《こころ》の中《なか》で抱《だ》きつくような声《こえ》をあげる。

ところが……。

ひかりのベッドにはだれもいなかった。

シーツも敷布団《しきぶとん》もない。

サイドテーブルにもなにも置《お》かれていない。

だれも使《つか》っていない？

一瞬《いっしゅん》、部屋《へや》をまちがえたのかと思《おも》ったけど、となりのベッドは片足《かたあし》ぜんぶがギプスの人《ひと》。

ひかりと大宮《おおみや》まりんさんのけんかを注意《ちゅうい》した人《ひと》だ。

すると、その人《ひと》が読《よ》んでいる雑誌《ざっし》から私《わたし》に視線《しせん》をうつした。

「あれ？　ひかり君《くん》の友《とも》だちだよね。午前中《ごぜんちゅう》に退院《たいいん》したよ」

その場《ば》に立《た》ちつくす。

退院《たいいん》？　ひかり、退院《たいいん》する日《ひ》教《おし》えてくれるって言《い》っていたよね。

「ありがとうございます」

お礼《れい》を言《い》って病室《びょうしつ》をでた。

心《こころ》の中《なか》で、なんで？　どうして？　をくりかえす。

退院《たいいん》が予定《よてい》より早《はや》まったとか？

もしくはドタバタして手紙《てがみ》を書《か》くひまがなかったとか？

まさか、ひょっとして。

なぜか、大宮《おおみや》まりんさんの顔《かお》が頭《あたま》をよぎる。

ひかりは、あの子《こ》のことが好《す》き……。

だから退院《たいいん》の日《ひ》を教《おし》えてくれなかった。

ちがうよ。

あの子《こ》はマネージャーってだけで、クラスメイトで、3年生《ねんせい》のころからおたがい知《し》っていて。

頭《あたま》をぶんぶんとふった。

このまま帰《かえ》る気持《きも》ちにはなれない。

どうしてもひかりに会《あ》いたい。けど、どうすればいいの?
なぜか、足《あし》が屋上《おくじょう》にむかった。
ひかりがいるかもしれない。
エレベーターで最上階《さいじょうかい》にむかい、屋上《おくじょう》へのドアを開《あ》ける。
たくさんのシーツが干《ほ》されている。
この中《なか》にひかりの使《つか》っていたシーツもあるのかな?
干《ほ》されているシーツをめくりながら、ひかりといっしょにさけんだ場所《ばしょ》にむかった。
でも、だれもいなかった。
ベンチで看護師《かんごし》さんが大人《おとな》の患者《かんじゃ》と楽《たの》しそうに話《はな》している。
予感《よかん》がした。
ひかりにはもう二度《にど》と会《あ》えない。

14章《しょう》　あきらめたくない

放課後《ほうかご》はスイミングスクールだった。

「じゃあ、日曜《にちよう》の進級《しんきゅう》テストのつもりでタイム、計《はか》ります」

安奈先生《あんなせんせい》が言《い》った。

「はい」

まわりの子《こ》がいっせいに張《は》りきりだす。

私《わたし》も負《ま》けてはいられない。上級《じょうきゅう》に行《い》きたい。

私《わたし》は順番《じゅんばん》がさいごなのでそれまではプールサイドで座《すわ》って見学《けんがく》。

上級《じょうきゅう》に行《い》くなら25メートルをクロールで23秒切《びょうき》らないといけない。

一番《いちばん》はじめに泳《およ》いだ子《こ》は、５年生《ねんせい》なのにクロールで22秒《びょう》だった。

進級確実《しんきゅうかくじつ》だ。

次々《つぎつぎ》と泳《およ》いでいく。当日上級《とうじつじょうきゅう》にあがれそうな子《こ》はほかにも何人《なんにん》かいた。
その中《なか》に、もちろん、下級生《かきゅうせい》もいる。
「前田未来《まえだみらい》ちゃん」
「はい」
プールにはいる。
笛《ふえ》の音《おと》が鳴《な》った。
ぜったいに上級《じょうきゅう》に行《い》くんだ。
がむしゃらに手《て》で水《みず》をかき、足《あし》で蹴《け》る。
ひかりは退院《たいいん》を教《おし》えてくれなかった。手紙《てがみ》もくれない。
もう会《あ》えないのかもしれない。
どうしてもその考《かんが》えが頭《あたま》からはなれてくれない。
せめて、水泳《すいえい》で結果《けっか》をだしたい。
だって、ひかりに会《あ》うことがなかったら、水泳《すいえい》をはじめなかったと思《おも》うから。
なにかにすがるように必死《ひっし》で泳《およ》ぐ。

壁《かべ》に手《て》をつき顔《かお》を上《あ》げた。肩《かた》で息《いき》をする。

ストップウォッチを持《も》つ先生《せんせい》と目《め》が合《あ》った。

「26秒《びょう》」

こんなにがんばったのに、ほとんどちぢんでいない。

そんな。聞《き》きまちがいかと思《おも》い、安奈先生《あんなせんせい》の顔《かお》を見続《みつづ》ける。

「未来《みらい》ちゃん、がむしゃらに泳《およ》ぐことより、気持《きも》ちよく泳《およ》ぐことを考《かんが》えようか」

先生《せんせい》がにっこり笑《わら》った。

聞《き》きまちがいじゃない。本当《ほんとう》に1秒《びょう》しかちぢんでいないんだ。

いやだ、信《しん》じたくない。

プールのふちのはしごに足《あし》をかける。体《からだ》についた水滴《すいてき》がなんだかすごく悲《かな》しく見《み》えた。

次《つぎ》の日《ひ》、その次《つぎ》の日《ひ》も学校《がっこう》が終《お》わると区《く》で運営《うんえい》している温水《おんすい》プールのほうに個人練習《こじんれんしゅう》にむかった。

日曜日《にちようび》の進級《しんきゅう》テスト、ぜったいに速《はや》くなっていたい。

プールでひたすらクロールを泳《およ》ぎ続《つづ》ける。

なんで、練習《れんしゅう》のときにタイムが悪《わる》かったか。

安奈先生《あんなせんせい》が教《おし》えてくれたクロールの手《て》の動《うご》き、リズム、すべて忘《わす》れて力《ちから》まかせに泳《およ》いだから。

あのとき私《わたし》はタイムを上《あ》げたかったんじゃない。

ひかりともう会《あ》えないかもって不安《ふあん》から逃《に》げるために泳《およ》いでいただけ。

病室《びょうしつ》で大宮《おおみや》まりんさんに会《あ》ったときも同《おな》じ。

とげとげした自分《じぶん》から目《め》をそらしたくて、ひかりと大宮《おおみや》さんの前《まえ》から逃《に》げた。

ひかりに未来《みらい》をあげたいとか言《い》いながら逃《に》げてばかりだ。

でも、ひかりも悪《わる》いよ。

手紙《てがみ》の返事《へんじ》をくれないまま退院《たいいん》しちゃうんだもん。

泳《およ》ぎながらはっとした。

余計《よけい》なことを考《かんが》えない。

安奈先生《あんなせんせい》の教《おし》えてくれた手《て》の動《うご》きに集中《しゅうちゅう》しないと。

これじゃ、個人練習《こじんれんしゅう》の意味《いみ》がない。
あれ、でも、おかしいな。
なんだか、体《からだ》の動《うご》き、悪《わる》くない？
おといより体《からだ》が重《おも》い。
どこが悪《わる》いんだろう。
1時間《じかん》チケットなので40分《ぷん》ぐらい泳《およ》ぐとプールからあがり整理体操《せいりたいそう》をした。
軽《かる》く屈伸運動《くっしんうんどう》をする、ひざの動《うご》きがおかしい……？
なんだか、油《あぶら》が切《き》れたロボットみたい。曲《ま》げにくい。
『無理《むり》は禁物《きんもつ》だよ』
安奈先生《あんなせんせい》の声《こえ》が思《おも》いだされる。
『悪《わる》くなったらストップすればいいだけだよ』
静香《しずか》の声《こえ》までも頭《あたま》の中《なか》でくりかえされる。
気《き》のせいだよ。そうだよ、気《き》のせい、大丈夫《だいじょうぶ》、大丈夫《だいじょうぶ》。
心《こころ》の中《なか》で呪文《じゅもん》のようにくりかえしながら、シャワーを浴《あ》び着《き》がえて受付《うけつけ》をでる。

大通《おおどお》りにでると、バス停《てい》が見《み》えた。
今日《きょう》はバスで帰《かえ》る？
でも、やっぱり、パスモ使《つか》いたくない。
バス停《てい》の前《まえ》まで来《き》たけど乗《の》らないで歩《ある》きだした。
歩《ある》いて帰《かえ》ると、途中《とちゅう》で体《からだ》が熱《あつ》くなってきた。
気《き》のせい、気《き》のせいとせっせと歩《ある》く。
やっぱり、熱《あつ》い。しかも……。
ひじとひざの動《うご》きがよくない。
ちょっと、ウソでしょ。
私《わたし》、一生懸命《いっしょうけんめい》なだけじゃん。
バッグからペンケースを取《と》りだし、おみくじを取《と》りだしにぎりながら歩《ある》く。
「未来《みらい》　想《おも》いが叶《かな》う名前《なまえ》」

15章《しょう》 あきらめない

日曜日《にちようび》。とうとう進級《しんきゅう》テストの日《ひ》になってしまった。

朝《あさ》、体温計《たいおんけい》をおそるそおそるわきから取《と》りだすと「37・1度《ど》」だった。

これって、数字《すうじ》だけ見《み》ると「3・7・1」で「み・な・い」って意味《いみ》にもなるよね。

つまり、見《み》なかったことにする。

苦《くる》しいな。でも、なにかしら心《こころ》に言《い》い訳《わけ》をつくらないとやってられない。

37・1度《ど》なんてたいした熱《ねつ》じゃないって考《かんが》え方《かた》もあるけど、私《わたし》の場合《ばあい》、ちょっと熱《ねつ》をだすと、あちこちの関節《かんせつ》がすぐに痛《いた》くなってくる。

それにしても、今《いま》まで一生懸命練習《いっしょうけんめいれんしゅう》してきて、一番大切《いちばんたいせつ》な日《ひ》に悪化《あっか》って。

なにに腹《はら》をたてればいいのかすら、わからない。

「応援《おうえん》に行《い》けなくてごめんね。ごはんはできてるから」

お母《かあ》さんが着《き》がえてドタバタと階段《かいだん》をおりて玄関《げんかん》で靴《くつ》をはいている。
「行《い》ってらっしゃい」
玄関《げんかん》に行《い》かずリビングから声《こえ》だけだした。
「行《い》ってきます」
玄関《げんかん》のドアが開《ひら》き閉《し》まる音《おと》が聞《き》こえた。
昨日今日《きのうきょう》とお母《かあ》さんが働《はたら》いているお店《みせ》が大盛況《だいせいきょう》で助《たす》かった。
お母《かあ》さん、忙《いそが》しくてほとんど家《いえ》にいられず、私《わたし》が体調《たいちょう》よくないのに気《き》づいていない。
食欲《しょくよく》はないけど、パンを焼《や》いてスープを温《あたた》めすすった。
食《た》べておかないとぜったいにあやしまれる。
食事《しょくじ》が終《お》わると自分《じぶん》の部屋《へや》でバッグに水着《みずぎ》やタオルをつめる。
だるくて動作《どうさ》がおそいのが自分《じぶん》でもはっきりとわかる。
やめたほうがいいかもしれない。
けど、これでやめちゃうとなにもかも無意味《むいみ》になりそうでこわい。
がんばって練習《れんしゅう》したし、なによりひかりに会《あ》えないなら、せめて、進級《しんきゅう》テストぐらいうまくいってほしい。

机《つくえ》の上《うえ》にある、さっきまで見《み》ていたおみくじを取《と》りだす。

祈《いの》りながら両手《りょうて》で包《つつ》みこむ。

大丈夫《だいじょうぶ》、なんとかなる。

おみくじをペンケースにもどし、バッグにいれ、家《いえ》をでた。

今日《きょう》はバスを使《つか》おう。

席《せき》が空《あ》いていた。よかった。座《すわ》っちゃおう。

あの日《ひ》はパスモを使《つか》いたくなくてバスに乗《の》らなかった。

また、ひかりに会《あ》いに行《い》くことがあるかもしれないって、無意識《むいしき》のうちに考《かんが》えてしまったんだ。

ひかりにまた会《あ》えるのかな？　もうだめなのかな？

自分《じぶん》の頭《あたま》を自分《じぶん》でこづく。

進級《しんきゅう》テストに集中《しゅうちゅう》しなさい！　未来《みらい》、新記録《しんきろく》だすの！　これは命令《めいれい》です！

スイミングスクールにつき、着《き》がえ、プールサイドにでるといつもより生徒《せいと》が多《おお》くておどろいた。

そうか。今日《きょう》って中級《ちゅうきゅう》から上級《じょうきゅう》の進級《しんきゅう》テストと上級《じょうきゅう》クラス内《ない》のタイム測定《そくてい》と、両方《りょうほう》やるんだ。

壁《かべ》一面《めん》が窓《まど》になっている観覧席《かんらんせき》。

平日《へいじつ》の練習時《れんしゅうじ》にはだれもいないか、せいぜい保護者《ほごしゃ》が1人《ひとり》か2人《ふたり》ぐらいなのに、今日《きょう》はたくさんの参加者《さんかしゃ》の家族《かぞく》がいる。

緊張《きんちょう》してきた。

心臓《しんぞう》が波打《なみう》ちだす。

すると同《おな》じ中級《ちゅうきゅう》クラスの2人《ふたり》の女《おんな》の子《こ》が話《はな》しかけてきた。

「未来《みらい》ちゃん、はいったばっかりなのに参加《さんか》するんだ、やる〜」

「がんばりやっぽいもんね」

やる〜って言《い》ってくれた子《こ》は5年生《ねんせい》で、私《わたし》をはげまそうと肩《かた》をたたいてきた。

年下《としした》の子《こ》、好《す》きだけど、同《おな》じクラスってなるとやっぱり複雑《ふくざつ》。進級《しんきゅう》したい。

「あれ、温《あたた》かいね、未来《みらい》ちゃん」

まずい！

「気合《きあ》いだよ、気合《きあ》い」

笑《わら》ってごまかす。

「未来《みらい》ちゃんって熱血《ねっけつ》タイプなんだあ」

2人《ふたり》が笑《わら》う。たしかに、体《からだ》が熱《あつ》い。

大丈夫《だいじょうぶ》、泳《およ》げば、治《なお》るよ！

安奈先生《あんなせんせい》が来《き》たので、整列《せいれつ》した。

「みんな、おはよう。まずは準備体操《じゅんびたいそう》からはじめます。そのあとで各自《かくじ》ならして、本番《ほんばん》！」

全員《ぜんいん》が元気《げんき》よく「はい」と声《こえ》をだした。

安奈先生《あんなせんせい》の笛《ふえ》の音《おと》に合《あ》わせてプールサイドで準備体操《じゅんびたいそう》をする。

来《き》ちゃえばなんとかなるって思《おも》ったけど、朝《あさ》より体《からだ》の動《うご》きが悪《わる》い。

屈伸運動《くっしんうんどう》とかするとはっきりわかる。

自分《じぶん》の体《からだ》にいいかげんにしてと言《い》いたい。

すると、安奈先生《あんなせんせい》がちらりとこっちを見《み》た。

あわてて、無理《むり》やりひざを動《うご》かした。

安奈先生《あんなせんせい》にばれたら、終《お》わりだ。

各自《かくじ》プールにはいって体《からだ》をならすことになった。

できれば安奈先生《あんなせんせい》に自分《じぶん》の泳《およ》ぎを見《み》られたくない。

他《ほか》の人《ひと》はだませても安奈先生《あんなせんせい》の目《め》をごまかすことはむずかしい気《き》がする。

どぎまぎしながら順番《じゅんばん》を待《ま》っていると、ちょうど私《わたし》のときに先生《せんせい》はプールをはなれ、別《べっ》の先生《せんせい》と交代《こうたい》した。

水《みず》に顔《かお》をつけクロールをならした。

熱《ねっ》っぽいせいで水《みず》はここちよかった。

しかも、浮力《ふりょく》のおかげか準備体操《じゅんびたいそう》のときよりはずっと体《からだ》が動《うご》きやすい。

いけるかも！

各自《かくじ》のならしが終《お》わると、安奈先生《あんなせんせい》がもどってきて進級《しんきゅう》テストがはじまった。

まずは、上級《じょうきゅう》からタイムを計《はか》る。

はじめの女《おんな》の子《こ》がクロールを泳《およ》ぎだす。

「はあ、やっぱりちがうね」

中級《ちゅうきゅう》の子《こ》はみな、ためいきをつく。

うでの動《うご》き、キックの力《ちから》が私《わたし》とは雲泥《うんでい》の差《さ》。

パワフルというより、無駄《むだ》がない。

すいすいすいというその心地《ここち》のいい泳《およ》ぎ方《かた》にガラスのむこうの保護者《ほごしゃ》たちも「たいしたもんだ」とほほえんでいる。

しかも、50メートル泳《およ》いでいる。

結果《けっか》は……。

「40秒《びょう》8」

先生《せんせい》がそう言《い》うと、みんな手《て》をたたいた。

同《おな》い年《どし》の女《おんな》の子《こ》。背《せ》だってそんなに変《か》わらない。

そりゃ、私《わたし》ははじめたばかりであっちはずっとここに通《かよ》っているかもしれない。けど、私《わたし》だって学校《がっこう》では泳《およ》げるほうなのに。どうせやるならもっと早《はや》く通《かよ》えばよかった。

あ、でも病気《びょうき》が……。はあってため息《いき》をつくしかない。

「未来《みらい》ちゃん、まちがっても対抗《たいこう》しないほうがいいよ」

「え？」

となりに座《すわ》っている、さっき私《わたし》の肩《かた》を温《あたた》かいと言《い》った5年生《ねんせい》の子《こ》がアドバイスしてくれる。

「自分《じぶん》は自分《じぶん》って思《おも》わないと、へんな力《ちから》、はいって逆《ぎゃく》におそくなる」

「なるほどね、了解《りょうかい》」

年下《としした》にこんなこと言《い》われちゃうとは。情《なさ》けない。

するとその子《こ》はじっと私《わたし》を見《み》ていた。

「なに？」

「未来《みらい》ちゃん、ちょっと、顔《かお》、赤《あか》い？」

「だ、だから燃《も》えてるんだよ」

まさか、悪化《あっか》してる？　言《い》い訳《わけ》が苦《くる》しい。

そして、私《わたし》たち中級《ちゅうきゅう》クラスの番《ばん》になった。

次々《つぎつぎ》とタイムを計《はか》っていく。

自己新記録《じこしんきろく》をだせた子《こ》もいれば、いつもよりおそくなった子《こ》もいた。

泳《およ》ぎ終《お》わった子《こ》が「息《いき》つぎしてるときにガラスのむこうで応援《おうえん》しているお父《とう》さんと目《め》が合《あ》ったよ～」とさわいでいる。

だんだん、緊張《きんちょう》してきた。

ひかり、お願《ねが》い、力《ちから》を貸《か》して。

はっとする。

バカ、ひかりのことなんか考《かんが》えてちゃだめ！

「前田未来《まえだみらい》さん」

「はい」

先生《せんせい》に呼《よ》ばれ、水《みず》にはいった。

スタートの体勢《たいせい》をとる。

どくん、どくん、どくん。心臓《しんぞう》が鳴《な》る。大丈夫《だいじょうぶ》、個人練習《こじんれんしゅう》までしたんだから。

23秒切《びょうき》って上級《じょうきゅう》に行《い》ける。

ピー。

笛《ふえ》が鳴《な》ると同時《どうじ》にかべを蹴《け》った。

1・2・3、1・2・3。いつも通《どお》りのタイミングで息《いき》つぎをする。

泳《およ》いでることは泳《およ》いでる。

けど、おそいのが自分《じぶん》でわかる。

ひざとひじになまりみたいな感覚《かんかく》がして、動《うご》くことは動《うご》くけどロボットみたい。

新記録《しんきろく》どころか、さいごまでたどりつく？

一瞬《いっしゅん》、やめるという選択《せんたく》が脳裏《のうり》を横切《よこぎ》る。

それはいやだ。あがくように息《いき》つぎをした。

本当《ほんとう》だ、観覧席《かんらんせき》にいる人《ひと》たちが見《み》える。

あの子《こ》、おそいとか思《おも》われているのかな？　くやしい。いつもだったら、もっと速《はや》いって言《い》い訳《わけ》したい。

ふいに、ひかりが試合《しあい》で、体格《たいかく》のいい子《こ》から無理《むり》やりボールをとろうとした姿《すがた》が思《おも》いだされた。

ひかり、たぶん、このままじゃだめだって思《おも》ったんだ。だから、あせって無理《むり》やりなことしたんだね。それでケガして。

無理《むり》なことってよくないのかな。でも、無理《むり》するしかないときもあるよ！

そのとき。

息《いき》つぎの瞬間《しゅんかん》。

思《おも》いがけないだれかが視界《しかい》にはいった。

ウソでしょ。今《いま》、ひかり、いた？

そんなばかなと思《おも》いつつがんばって1・2・3とうでをまわし、もう一度《いちど》息《いき》つぎをする。

一瞬《いっしゅん》だったから、わからない。

ひかりのことばかり考《かんが》えていたからかもしれない。

でも、ひかりであってほしい。

ひかりと屋上《おくじょう》でさけんだことを思《おも》いだす。

あのときみたいな気持《きも》ちで泳《およ》いでみたい。

急《きゅう》にそう思《おも》えた。
1・2・3！　1・2・3！
今《いま》までは必死《ひっし》でしていた息《いき》つぎが、急《きゅう》にリズミカルになっていった。
安奈先生《あんなせんせい》の言《い》っていたことって、こういうこと？
そのまま泳《およ》ぎ続《つづ》けると、指先《ゆびさき》が壁《かべ》に当《あ》たった。
顔《かお》を上《あ》げる。安奈先生《あんなせんせい》と目《め》が合《あ》った。
「23秒《びょう》4」
だめだ、切《き》れなかった。
だけど、こんな状況《じょうきょう》でここまでがんばれた自分《じぶん》をほめてあげたい！
なにより、ひかりは？
プールから出《で》て観覧席《かんらんせき》のほうに走《はし》る。
ガラスのむこうに……いた。

16章《しょう》 私《わたし》たちの未来《みらい》

整理体操《せいりたいそう》、先生《せんせい》のお話《はなし》が終《お》わり、私《わたし》は猛《もう》スピードで着《き》がえた。
今《いま》まで生《い》きてきてこんなに早《はや》く着《き》がえたことはないってぐらいに。
クロールよりこっちのほうが新記録《しんきろく》だよ！
熱《ねっ》っぽいとか痛《いた》いとか、もうどこかに飛《と》んでいっちゃいそう。
一秒《びょう》でも早《はや》くと、さっきひかりがいた場所《ばしょ》にむかう。
見学者《けんがくしゃ》がたくさんいて、かきわける。
いるよね。そっくりさんじゃないよね？　まぼろしでもないよね？
人《ひと》ごみをかきわけたむこう。
そこにひかりはいた。
いすに座《すわ》っていたけど、松葉杖《まつばづえ》で立《た》ち上《あ》がる。

本物《ほんもの》のひかり。まちがいない。ギプスはとれている。

「ひかり！」

「未来《みらい》！」

かけよる。聞《き》きたいことがたくさんある。言《い》いたいことも。けど、なにから聞《き》いてなにから言《い》いたいのかがわからない。

「ひかり、どうして来《き》てくれたの？」

肩《かた》で息《いき》をする。

「なにって、未来《みらい》が進級《しんきゅう》テストの日《ひ》にち手紙《てがみ》に書《か》いたんだぜ」

「でも、来《き》てくれるなんて言《い》ってくれなかったじゃん。あ……」

「これに応援《おうえん》に行《い》くって書《か》いたんだけど」

ひかりはズボンのお尻《しり》のポケットに目《め》をやった。

ひかりのうしろにまわりこむと手紙《てがみ》がはいっていた。

「それ、本当《ほんとう》はとっくにおまえの家《いえ》に届《とど》いている予定《よてい》だったんだ」

私《わたし》はポケットから手紙《てがみ》をひっこぬく。きちんと切手《きって》もはってあった。

「妹《いもうと》の瑠璃子《るりこ》、投函《とうかん》するの忘《わす》れてたんだよ。お兄《にい》ちゃん、ごめんねっておととい、泣《な》きながらあやまりだしてよ。兄貴《あにき》としては、よしよしって許《ゆる》すしかねえよな」

頭《あたま》の中《なか》でぱんって音《おと》がした。

同時《どうじ》に心《こころ》をがんじがらめにしばっていた糸《いと》がするするとほどけていく。

そういうことか。

そんな単純《たんじゅん》なことだったんだ。

思《おも》わず泣《な》きだしそうになったけど、たくさんの人《ひと》の前《まえ》でいかにも女《おんな》の子《こ》みたいなことぜったいにしたくない。

「ひかり、私《わたし》、病院《びょういん》行《い》ったんだよ。そしたら午前中《ごぜんちゅう》に退院《たいいん》したって」

するとひかりは、すごくおどろいた顔《かお》をした。

「その手紙《てがみ》に退院《たいいん》の日《ひ》も書《か》いてあるんだよ。そうか、完全《かんぜん》にすれちがったんだなあ。ちくしょう。わりい」

「もう、こっちがちくしょうだよ」

思《おも》い切《き》りおこってみた。

そのぐらいの資格《しかく》は私《わたし》にあるはず。

だって、この世《よ》で一番《いちばん》ひかりのことが好《す》きだから。

ひかりは私《わたし》が露骨《ろこつ》に感情《かんじょう》をだしすぎておどろいたのか、急《きゅう》に声《こえ》が小《ちい》さくなった。

「なあ、外《そと》にでないか？」

そして、あごで私《わたし》のうしろのほうをさす。

ふりむくと、安奈先生《あんなせんせい》がめいめいの保護者《ほごしゃ》にあいさつしながら、その合間《あいま》に横目《よこめ》でこっちをちらちら、いや、にやにやいたずらっぽく見《み》ていた。

先生《せんせい》、やっぱり、するどい！　でも、そこはにぶくてもいいかも。

私《わたし》とひかりはスイミングスクールをそそくさとでた。


私《わたし》たちはバス停《てい》のベンチにならんで座《すわ》った。

ひかりもバスを使《つか》ってここまで来《き》たらしい。

土日《どにち》だと、ひかりの家《いえ》のほうまで行《い》くバスが1時間《じかん》に1本《ぽん》でるんだって。

ぜんぜん知《し》らなかった。

車道《しゃどう》のむこう側《がわ》に日曜《にちよう》の午後《ごご》にぴったりのカフェが見《み》える。

大人《おとな》だったら、あそこにはいるんだろうな。

でも、私《わたし》たちはそうはいかない。

ふと、ひかりの足《あし》を指差《ゆびさ》す。

「ギプスとれたね」

「今《いま》はリハビリ中《ちゅう》」

「きついの？」

「そりゃあ、なんだって一生懸命《いっしょうけんめい》やればきついだろ。あ、未来《みらい》、思《おも》ったより泳《およ》ぐの速《はや》かったな。後半《こうはん》、フォームよかったよ」

「でも、あとちょっとで進級《しんきゅう》できなかった」

空《そら》をあおぐと、ひかりが笑《わら》った。

「え？　なに？」

「おれたち、結果《けっか》がだせなかった同士《どうし》だな」

「そっか、そうだね」

ひかりと同《おな》じか。じゃあ、進級《しんきゅう》できなかったのも悪《わる》くないかも。

「逆《ぎゃく》によかったんじゃねえ？」

「え？」

「だってはじめたばかりだろ。あせらないで今《いま》のクラスにいて、基礎《きそ》がためしたほうがタイムなんて、ある瞬間《しゅんかん》すっと伸《の》びるぞ」

ひかりが真剣《しんけん》に語《かた》る。

その顔《かお》を見《み》ていたら、うれしくもなり情《なさ》けなくもなった。

「どうした、未来《みらい》？」

「だって。私《わたし》、ひかりに未来《みらい》をあげたいとか口《くち》ではかっこいいこと言《い》って、結局《けっきょく》、ひかりになにもしてあげられてない。逆《ぎゃく》にはげまされてばかり」

「そんなことねえよ」

ひかりが強《つよ》い声《こえ》をだしたので、おどろいて顔《かお》を上《あ》げた。

「あ、ごめん。でも、今《いま》の考《かんが》えはぜったいにおかしい。あの日《ひ》、いっしょにさけんだことでどれだけすっきりしたか。あんなバカみたいなこと男同士《おとこどうし》でだってぜったいにやらねえぜ。それをまさか女子《じょし》とやるなんて。あんなことをしてくれるなんて未来《みらい》だけだよ」

未来《みらい》だけ。

その声《こえ》が、視線《しせん》が私《わたし》の心《こころ》に強《つよ》くひびく。

私《わたし》があまりにもひかりを見《み》つめていたせいか、ひかりが視線《しせん》をそらした。

そしてとうとつに口《くち》にした。

「あのさ。大宮《おおみや》まりんのことなんだけど」

いきなりの人物《じんぶつ》の登場《とうじょう》にどきりとする。

「まりんはさ。3年生《ねんせい》のときからずっと仲間《なかま》で。ずっと友《とも》だちで」

ひかりはめずらしく言《い》いよどんでいた。

なんだか、こわい。

「でも、未来《みらい》はちがう」

ひかりがそらしていた視線《しせん》をばしっと私《わたし》にむけた。

「未来《みらい》は友《とも》だちとも仲間《なかま》ともちがう、別《べつ》のものがおれの中《なか》にあるんだ」

ひかりは言《い》い切《き》ると前《まえ》をむいた。

胸《むね》が苦《くる》しい。

伝《つた》えたい気持《きも》ちは心《こころ》からあふれているのに、じっさいに伝《つた》える言葉《ことば》が見《み》つからない。

それはひかりも似《に》たようなふうで次《つぎ》の言葉《ことば》をさがしているけど、見《み》つからない。

もう、これで精一杯《せいいっぱい》といった横顔《よこがお》だった。

「あれ、バス来《き》たな。おれが乗《の》るやつか？」

「うん、そうだね」

こっちにむかっているのはひかりが乗《の》るほうのバスにまちがいない。

私《わたし》が乗《の》るほうのバスだったら、適当《てきとう》なことを言《い》って次《つぎ》のにするけど、ひかりのほうは1時間《じかん》に1本《ぽん》だからそうはいかない。

どうしてひかりのほうが先《さき》なの？

バスの時刻表《じこくひょう》に無理《むり》やり文句《もんく》をつけたくなった。

だって、次《つぎ》はいつ会《あ》えるかわからない。

「そうだ、未来《みらい》。来週《らいしゅう》、また同《おな》じグラウンドで試合《しあい》やるんだ。おれはでられないんだけど、ベンチにはいるから。よかったら来《き》てくれよ。静香《しずか》って子《こ》にも会《あ》いたいし」

ぱあっと心《こころ》に花《はな》が咲《さ》いた。
来週《らいしゅう》もひかりに会《あ》える。
「そうだね。前《まえ》の試合《しあい》は結局《けっきょく》、静香《しずか》と会《あ》えなかったもんね」
「よし、決《き》まり」
ひかりは松葉杖《まつばづえ》を使《つか》いゆっくりと立《た》ち上《あ》がる。
私《わたし》もどきどきしながら手《て》をそえる。あんまり、役《やく》に立《た》っていないけど。
バスが来《き》てドアが開《ひら》く。
ひかりは松葉杖《まつばづえ》なので乗《の》るのに時間《じかん》がかかった。
大変《たいへん》なのに、わざわざ来《き》てくれたんだ。ありがとう。
バスが動《うご》きだす。
ひかりはバスの中《なか》で親切《しんせつ》な乗客《じょうきゃく》の手引《てび》きでいすに座《すわ》り、窓《まど》から手《て》をふってくれた。
私《わたし》は手《て》をふり続《つづ》ける。
そして、バスが見《み》えなくなったとき、ふいに思《おも》った。
クロールと同《おな》じで、ひょっとしてひかりへの想《おも》いも、ちょっと気負《きお》っていたのかもしれない。
ひかりが自分《じぶん》に未来《みらい》をくれたから、ひかりにも未来《みらい》をあげたい。
たしかにあのときはそう思《おも》ったけど。
未来《みらい》って、あげるとかあげないとかじゃなくて。
こうやって、少《すこ》しずつ、２人《ふたり》ではげましあいながら作《つく》っていけるといいのかも。

17章《しょう》　手紙《てがみ》の真実《しんじつ》

翌日《よくじつ》。

私《わたし》は体調《たいちょう》がよくなく一日《にち》だけ学校《がっこう》を休《やす》んだ。

お母《かあ》さんは、水泳《すいえい》、ちょっとがんばりすぎたんじゃない？　と笑《わら》っていた。

そして、日曜日《にちようび》。

私《わたし》と静香《しずか》は、ひかりはでないけどファイターズの練習試合《れんしゅうじあい》にむかった。

昨日《きのう》、学校《がっこう》で知《し》ったんだけど、ファイターズの相手《あいて》は龍斗《りゅうと》がキャプテンをつとめるコンドルズだったんだって。

クラスの女子《じょし》たちもコンドルズの応援《おうえん》に来《こ》ようとしてたんだけど、龍斗《りゅうと》が「おれ、試合《しあい》でないかもよ」って言《い》いだした。

なんでも、ファイターズとコンドルズは前《まえ》から練習試合《れんしゅうじあい》は決《き》まっていたんだけど、ひかりのケガでチーム力《りょく》にあまり差《さ》があるまま戦《たたか》ってもよくないから、今回《こんかい》は5年生《ねんせい》メインの練習試合《れんしゅうじあい》にするって決《き》まったそうだ。

グラウンドの応援席《おうえんせき》にむかうと、ひかりは選手《せんしゅ》、監督用《かんとくよう》のベンチに座《すわ》っていた。龍斗《りゅうと》もウォーミングアップをしないでベンチの監督《かんとく》となにか話《はな》している。

となりで静香《しずか》が言《い》った。

「うちのカンだけど、監督《かんとく》の話《はな》し合《あ》いじゃなくて龍斗《りゅうと》が言《い》いだしたんじゃないかな？　ひかりのいないファイターズに勝《か》っても意味《いみ》ありませんみたいなことを」

「ええ？　考《かんが》えすぎじゃない？」

私《わたし》はおどろく。

「そうかな？　だってさ、5月《がつ》にひかりと龍斗《りゅうと》、ここで試合《しあい》したじゃん。あのとき、2人《ふたり》火花《ひばな》ばちばちだったよ。あのときは龍斗《りゅうと》が負《ま》けた。やつにしてみれば、ひかりがケガで試合《しあい》にでてないから勝《か》ちましたじゃ、すごく気分悪《きぶんわる》そうじゃない？」

なるほど。

静香《しずか》の推理《すいり》、当《あ》たってるかもね。

「あ、うち。ジュース買《か》ってくる。未来《みらい》は？」

「持《も》ってきた」

「じゃ、待《ま》ってて。まあ、あの2人《ふたり》は永遠《えいえん》のライバルってことだね。な～んちゃって」

静香《しずか》がいなくなると、まわりに応援《おうえん》に来《き》ている保護者《ほごしゃ》はいるのに、急《きゅう》に静《しず》かになる。

ところがいれかわるように、私《わたし》にとってもっとも強烈《きょうれつ》な子《こ》がとなりにやって来《き》た。

「ひかり、試合《しあい》にでないのに来《き》てくれたんだ」

大宮《おおみや》まりんさんだった。

ジャージ姿《すがた》であいかわらず日《ひ》に焼《や》けている。

「う、うん」

どうしよう。それしか答《こた》えられない。

静香《しずか》、早《はや》く帰《かえ》ってきてよ。

ああ、でも静香《しずか》が来《き》たらそれはそれで、もめそうなにおいもする。

「手紙《てがみ》、届《とど》いた？」

ウォーミングアップ中《ちゅう》の選手《せんしゅ》のかけ声《ごえ》に消《け》されてしまうような、小《ちい》さな声《こえ》だった。

……私《わたし》の聞《き》きまちがい？

さぐるように大宮《おおみや》さんの横顔《よこがお》を見《み》る。

「病院《びょういん》の廊下《ろうか》でひかりの妹《いもうと》が封筒《ふうとう》持《も》って歩《ある》いていたの。投函《とうかん》するようにたのまれたって。あたしがしてあげるってとっちゃった」

それ、どういうこと？

彼女《かのじょ》は言葉《ことば》を続《つづ》ける。

「そのまま前田未来《まえだみらい》あての手紙《てがみ》、あたしがずっと持《も》ってた」

「それで？」

一気《いっき》に問《と》いつめたい。

けど、あせってはいけないとがんばって気持《きも》ちを落《お》ちつかせた。

「ひかり、なんだか暗《くら》くてさ。あなたから手紙《てがみ》来《こ》ないからだって気《き》づいて。だから、白状《はくじょう》してひかりにかえした。すごくおこるだろうなって思《おも》ったら、そうでもなかった。開《あ》けられてない封筒《ふうとう》見《み》て、おまえは余計《よけい》なことしなくていいからって」

意外《いがい》すぎる真相《しんそう》だった。

まるで、ミステリー小説《しょうせつ》のどんでんがえしみたい。
じゃあ、妹《いもうと》が泣《な》いてあやまったって話《はなし》はウソ？
いくら、仲間《なかま》を守《まも》るためとはいえ、私《わたし》、ウソつかれちゃったの？
ひかりらしいけど、そういうひかりが好《す》きでもあるけど、せめておこってよ。
私《わたし》たちがどれだけ手紙《てがみ》を大切《たいせつ》にしているか。
説明《せつめい》してあげてよ。
ひかりがやらないなら、私《わたし》がかわりに今《いま》、ここでおこる。
静香《しずか》じゃないけど、靴《くつ》ぬいでたたいちゃおうか。
ところが……。
「ごめんね」
大宮《おおみや》さんが私《わたし》から視線《しせん》をそらし、つぶやくように声《こえ》にした。
びっくりするぐらいに悲《かな》しそうだった。
秋《あき》の風《かぜ》が彼女《かのじょ》のポニーテールをかすかにゆらす。
だめだ、おこれない。

それどころか、安奈先生《あんなせんせい》がミルクティーをおごってくれたときの言葉《ことば》を思《おも》いだしてしまった。

「……みんな、一生懸命《いっしょうけんめい》か」

「え？」

「大宮《おおみや》さんって、いつも一生懸命《いっしょうけんめい》だよね。一生懸命《いっしょうけんめい》マネージャーして、チームのこと考《かんが》えて」

そして、一生懸命《いっしょうけんめい》、ひかりのことが好《す》き……なんだろうな。

安奈先生《あんなせんせい》が教《おし》えてくれた言葉《ことば》、すごく威力《いりょく》がある。

これは魔法《まほう》の言葉《ことば》だよ。

おかげで、私《わたし》、だれのことも、にくめなくなりそう。

すごくいい人《ひと》になっちゃうかも。

大宮《おおみや》さんは顔《かお》を上《あ》げ、さらに意外《いがい》なことを口《くち》にした。

「うらやましかったの。あなたのこと」

「うらやましい？　私《わたし》が？」

「夏休《なつやす》み、さいごの日《ひ》。練習《れんしゅう》のあと、チームのみんなで、夏《なつ》の思《おも》い出《で》を話《はな》しながら帰《かえ》った。そのとき、ひかり、『おれは花火《はなび》かな』って」

どきんとした。

「そう言《い》ったときのひかりの顔《かお》、あたしの知《し》らない表情《ひょうじょう》だった。試合《しあい》で勝《か》ったのでもない、おいしいごはんを食《た》べたのでもない。すごく充実《じゅうじつ》してるっていうか、胸《むね》いっぱいの顔《かお》。直感《ちょっかん》した。5月《がつ》の試合《しあい》であたしたちが帰《かえ》りのバスを待《ま》ってるときに、ひかりに会《あ》いに走《はし》ってきた女《おんな》の子《こ》。あの子《こ》と行《い》ったんだって」

おどろいた。

あのとき、私《わたし》は夢中《むちゅう》でひかりに会《あ》いに行《い》ったけど、大宮《おおみや》さんは私《わたし》のことを見《み》ていたんだ。覚《おぼ》えていたんだ。

「あたしはマネージャーで、女子《じょし》の中《なか》では一番《ばん》のひかりの親友《しんゆう》で、でも、その花火《はなび》はあたしがふれちゃいけない特別《とくべつ》な花火《はなび》。ひかりの顔《かお》に書《か》いてあった」

ひかり、花火《はなび》のこと、そんな大切《たいせつ》に思《おも》ってくれていたんだね。

「試合《しあい》はじめるぞー」

ファイターズの監督《かんとく》が大《おお》きな声《こえ》をだした。

「あ、行《い》かなきゃ。言《い》っておくけど、あなたとあたしの試合《しあい》ははじまったばかりだから」

大宮《おおみや》さんは強気《つよき》な顔《かお》を私《わたし》にむけると、ベンチに走《はし》っていった。

安奈先生《あんなせんせい》、一生懸命《いっしょうけんめい》すぎるのも困《こま》ったものかも。

ホイッスルが鳴《な》り、静香《しずか》が「はじまったあ？」ともどってきた。

「静香《しずか》、今日《きょう》こそ、試合終《しあいお》わったらひかりを紹介《しょうかい》するからね」

「うん」

静香《しずか》に大宮《おおみや》さんのことを言《い》おうかと思《おも》ったけどやめた。

ひかりはプレー中《ちゅう》の5年生《ねんせい》に熱《あつ》く「がんばれ」とさけんでいた。

私《わたし》も「がんばれ、ファイターズ！」と大《おお》きな声《こえ》をだす。

ひかりが私《わたし》の声《こえ》に気《き》づいた。

こっちを見《み》て笑《わら》ってくれた。

私《わたし》もひかりを見《み》て笑《わら》った。

（届《とど》かなかった手紙《てがみ》）

未来《みらい》へ

退院《たいいん》の日《ひ》が決《き》まった。９月《がつ》○日《にち》だ。
それからリハビリでここにかよう。
ああ、はやく家《いえ》に帰《かえ》りたい。
すきなことなにもできねえよ。
未来《みらい》、進級《しんきゅう》テストチャレンジするんだ。すげえな。いきなりほんかくてきだな。
よし！　当日《とうじつ》、おれおうえんに行《い》く。
となりのベッドのおじさんと仲《なか》よくなってさ。
パソコンで調《しら》べたけど、しょうきゃくろの近《ちか》くだろ？　だいたい行《い》き方《かた》わかる。
言《い》っておくけど、おれのせいえんはでかいぞ（笑《わらい》）
でも、入院《にゅういん》していると、未来《みらい》と出会《であ》ったときのこと、病院《びょういん》で花火《はなび》を見《み》たこと、そして、約束《やくそく》をはたしたことをしょっちゅう思《おも》いだす。
一年後《ねんご》にまた花火《はなび》を見《み》よう。
って、よく考《かんが》えたらかなりむずかしい約束《やくそく》だよな。
だって、おたがい住《す》んでるところも知《し》らなかったんだから。
けど、それをはたせたんだ。
サッカーでいえば、ぜったいに勝《か》てない相手《あいて》に勝《か》てたのとおなじだ。
おれたちはすごいことしたんだ。

ひかりより

ねぇ、ひかり。
私《わたし》たちははなれていても心《こころ》が通《つう》じあっている。
大丈夫《だいじょうぶ》、だよね……??

あとがき

『たったひとつの君《きみ》との約束《やくそく》』、略《りゃく》して『君約《きみやく》』2巻《かん》を読《よ》んでくれてどうもありがとう。

こんにちは。作者《さくしゃ》のみずのまいです。

私《わたし》は、女《おんな》の子《こ》からたくさんお手《て》紙《がみ》をいただきます。

でね、けっこう多《おお》いのが「いらいらするんです」って悩《なや》みのお手《て》紙《がみ》なの。

たとえば、言《い》いたいことが大人《おとな》や友《とも》だちに上手《うま》く伝《つた》えられずいらいらしてくる。

まわりの子《こ》はダンスの振《ふ》りつけをどんどん覚《おぼ》えていくのに、自分《じぶん》だけはできずいらいらするとか。

たしかに、私《わたし》も子《こ》どものころ、よくいらいらしていたなあ。

体《からだ》も小《ちい》さく、のろまだったから、「みんな自分《じぶん》をばかにしている〜」って一人《ひとり》で勝手《かって》にいらいらしていたかも（笑《わらい》）

よし。それではいらいらした気持《きも》ちをストップさせるいい方法《ほうほう》を教《おし》えちゃおう。

それはね、笑《わら》うことです！

え〜、いらいらしているのに、どうやって笑《わら》うのよ〜って思《おも》うかもしれないけど、簡単《かんたん》だから。

好《す》きなお笑《わら》い芸人《げいにん》のパフォーマンスとか、ギャグまんがのセリフとか、なんでもいいから、いつでも笑《わら》えるネタを記憶《きおく》しておくの。

で、いらいらしたときに思《おも》い出《だ》すと、くすっと笑《わら》えて、心《こころ》が軽《かる》くなるんです。

私《わたし》もしょっちゅうやっています。

『お願《ねが》い！　フェアリー♡』シリーズ（ポプラ社《しゃ》）や、『おともだちにはヒミツがあります！』（角川《かどかわ》つばさ文庫《ぶんこ》）も笑《わら》えるところがあるので、よかったら読《よ》んでね。

ちなみに『君約《きみやく》』の3巻《かん》は、龍斗《りゅうと》が……！　な展開《てんかい》なので、お楽《たの》しみに。

みずのまい

※みずのまい先生《せんせい》へのお手紙《てがみ》は、こちらに送《おく》ってください。

〒101－8050　東京都千代田区一ツ橋《とうきょうとちよだくひとつばし》2－5－10
集英社《しゅうえいしゃ》みらい文庫編集部《ぶんこへんしゅうぶ》　みずのまい先生係《せんせいがかり》

未来ちゃんのためにいつもそっと背中を押してくれる
龍斗くん…つい龍斗くんの恋も応援したくなってしまいます＞ ＜

集英社みらい文庫

たったひとつの
君《きみ》との約《やく》束《そく》
～はなれていても～

みずのまい 作

U35（うみこ） 絵

ファンレターのあて先
〒101-8050 東京都千代田区一ツ橋2-5-10 集英社みらい文庫編集部
いただいたお便りは編集部から先生におわたしいたします。

2017年2月28日 第1刷発行

発行者 北畠輝幸
発行所 株式会社 集英社
〒101-8050 東京都千代田区一ツ橋2-5-10
電話 編集部 03-3230-6246
読者係 03-3230-6080
販売部 03-3230-6393（書店専用）
http://miraibunko.jp
装 丁 中島由佳理
印 刷 図書印刷株式会社 凸版印刷株式会社
製 本 図書印刷株式会社

ISBN978-4-08-321359-5 C8293 N.D.C.913 190P 18cm

「みらい文庫《ぶんこ》」読者《どくしゃ》のみなさんへ

言葉《ことば》を学《まな》ぶ、感性《かんせい》を磨《みが》く、創造力《そうぞうりょく》を育《はぐく》む……、読書《どくしょ》は「人間力《にんげんりょく》」を高《たか》めるために欠《か》かせません。たった一枚《いちまい》のページをめくる向《む》こう側《がわ》に、未知《みち》の世界《せかい》、ドキドキのみらいが無限《むげん》に広《ひろ》がっている。これこそが「本《ほん》」だけが持《も》っているパワーです。

学校《がっこう》の朝《あさ》の読書《どくしょ》に、休《やす》み時間《じかん》に、放課後《ほうかご》に……。いつでも、どこでも、すぐに続《つづ》きを読《よ》みたくなるような、魅力《みりょく》に溢《あふ》れる本《ほん》をたくさん揃《そろ》えていきたい。読書《どくしょ》がくれる、心《こころ》がきらきらしたり胸《むね》がきゅんとする瞬間《しゅんかん》を体験《たいけん》してほしい、楽《たの》しんでほしい。みらいの日本《にほん》、そして世界《せかい》を担《にな》うみなさんが、やがて大人《おとな》になった時《とき》、「読書《どくしょ》の魅力《みりょく》を初《はじ》めて知《し》った本《ほん》」「自分《じぶん》のおこづかいで初《はじ》めて買《か》った一冊《いっさつ》」と思《おも》い出《だ》してくれるような作品《さくひん》を一所懸命《いっしょけんめい》、大切《たいせつ》に創《つく》っていきたい。

そんないっぱいの想《おも》いを込《こ》めながら、作家《さっか》の先生方《せんせいがた》と一緒《いっしょ》に、私《わたし》たちは素敵《すてき》な本作《ほんづく》りを続《つづ》けていきます。「みらい文庫《ぶんこ》」は、無限《むげん》の宇宙《うちゅう》に浮《う》かぶ星《ほし》のように、夢《ゆめ》をたたえ輝《かがや》きながら、次々《つぎつぎ》と新《あたら》しく生《う》まれ続《つづ》けます。

本《ほん》を持《も》つ、その手《て》の中《なか》に、ドキドキするみらい――。

本《ほん》の宇宙《うちゅう》から、自分《じぶん》だけの健《すこ》やかな空想力《くうそうりょく》を育《そだ》て、〝みらいの星《ほし》〟をたくさん見《み》つけてください。

そして、大切《たいせつ》なこと、大切《たいせつ》な人《ひと》をきちんと守《まも》る、強《つよ》くて、やさしい大人《おとな》になってくれることを心《こころ》から願《ねが》っています。

2011年《ねん》　春《はる》

集英社《しゅうえいしゃ》みらい文庫《ぶんこ》編集部《へんしゅうぶ》